不来梅的乐师

勇敢的小裁缝

白雪公主

渔夫

莴苣姑娘

鼓手

小山羊

青蛙王子

# GRIMM'S FAIRY TALES
# 格林童话

［德］格林兄弟 著  潘子立 译  王庆松 绘

北京理工大学出版社
BEIJING INSTITUTE OF TECHNOLOGY PRESS

**读品**

让阅读成为一种瘾

# 目录

青蛙王子　001

　　　　　007　狼和七只小山羊

鼓手　011

　　　　　026　莴苣姑娘

渔夫和他的妻子　032

　　　　　044　白雪公主

勇敢的小裁缝　057

　　　　　067　不来梅的乐师

大拇指　072

　　　　　079　猫和老鼠交朋友

一只眼、两只眼和三只眼　082

　　　　　093　学害怕的人

三根金发的魔鬼　103

　　　　　111　小桌、金驴和棍子

三种语言　122

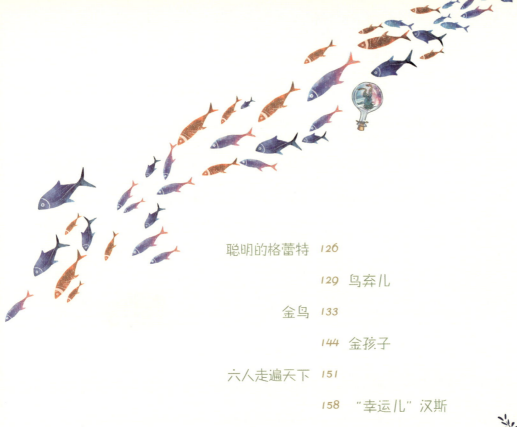

聪明的格蕾特 **126**

**129** 鸟弃儿

金鸟 **133**

**144** 金孩子

六人走遍天下 **151**

**158** "幸运儿"汉斯

聪明的农家女 **164**

**168** 穷人和富人

小土地精 **172**

**178** 瓶里的精灵

蓝灯 **184**

**191** 三个手艺人

寿命 **195**

**198** 兔子和刺猬

小海兔 **203**

# 青蛙王子

在愿望还能变成现实的古代,有一个国王,他的几个女儿都很漂亮。国王的幼女尤其美丽,见多识广的太阳每次照着她的面庞,也对她的美感到惊奇异常。王宫附近有一座幽暗的大森林,森林里一株老菩提树下有一口井。炎热的白天,公主常到森林里去,坐在清凉的水井旁边。觉得无聊时,就把一只金球抛到天上,再接住它,这金球是她心爱的玩具。

有一次,公主的金球没有落在她高高举起的小手上,掉到了地上,恰巧滚到了旁边的井里。公主眼睁睁地看着球掉下去不见了,水井很深,看不见底。公主哭了,哭声越来越大。就在她伤心哭泣的时候,有人喊她:"出什么事了,公主?你哭得这样难过,石头也会伤心的。"她扭头看声音传来的地方,只见一只青蛙在井水里伸出又大又丑的脑袋。"哎呀,是你呀,划水的老家伙。"她说,"我哭我的金球,它掉到井里去了。"

"安静,别哭。"青蛙回答说,"我有办法,要是我把你的玩具捞上来,你给我什么?"

"你想要什么都行,亲爱的青蛙,"她说,"我的衣服、我的珍珠和宝石,还有我戴的金冠。"

青蛙回答:"你的衣服、你的珍珠和宝石、你的金冠,我都不要。但是,如果你喜欢我,要我做你的伙伴,和你在一起玩耍,坐在你的餐桌上,在你身边吃你小金盘里的东西,喝你酒杯里的酒,在你的床上睡觉——你要是答应我这些,我就下去给你把金球拿上来。"

"好的,"她说,"只要你把金球给我拿上来,你要求什么我都答应。"她心里想:"这只傻乎乎的青蛙胡说什么呀,它和它的同类一起坐在水里呱呱乱叫,怎么能做人的伙伴呢?"

青蛙得到了许诺,脑袋伸进水里,沉下去一会儿,又游上来,嘴里噙着金球。它把球丢在草地上。公主又见到她心爱的玩具,高兴极了,捡起来就跑。"等一等,等一等,"青蛙叫喊着,"带上我,我跑不了你那么快。"它在公主后面拼命"呱呱!呱呱!"地叫,有什么用!她不听它叫,跑回家里,很快就把可怜的青蛙忘了,青蛙还得跳回井里。

第二天,当公主同国王和大臣们在餐桌旁坐下,用她的小金盘吃饭的时候,大理石台阶上传来什么东西爬上来的啪嗒啪嗒的响声,到了上面,它敲门,大喊大叫:"公主啊,小公主,给我开门!"公主跑去看是谁在门外面,一开门,青蛙正蹲在门口。她赶紧关门,回到餐桌旁坐下,心里很害怕。国王看她紧张得很厉害,便说:"我的孩子,你害怕什么?门外有个巨人要把你抓走吗?"

"不,"公主回答,"门外没有巨人,是一只可恶的青蛙。"

"青蛙找你干什么?"

"亲爱的爸爸,昨天我在森林里坐在水井边玩,我的金球掉井里了。青蛙看我哭得厉害,就把球给我拿上来,但是他要求我做他的伙伴,我就答应了。没想到它真能从井里跳出来。现在它就在门口，要进来找我。"这时，外面第二次敲门，并且大声叫道：

> 公主啊，小公主，请你给我开门，
> 你难道忘记昨天，清凉的井水旁边，
> 向我许下的诺言？
> 公主啊，小公主，请你给我开开门。

国王听了说道："你答应人家什么，就得照办。去开门吧。"公主只好去开门。青蛙跳进来，一直跟随着她到椅子旁，它蹲在地上喊："抱我上去！"公主犹犹豫豫，最后还是国王下令，她才把它抱上去。青蛙登上椅子，又要上桌。到了桌上，它说："把你的金盘子往我这边挪近点，我们一起吃。"公主虽然照它说的做了，但谁都看得出她很不情愿。青蛙吃得津津有味，可是公主几乎一口也咽不下去。青蛙最后又说："我吃饱了，也累了，把我抱到你的卧室，铺好你的丝绸小床，我们一起躺下睡觉。"公主哭了，她怕冰凉的青蛙，不敢碰它，现在它却要上她那漂亮干净的小床睡觉。可是国王生气了，说："谁在你困难时帮助过你，你过后不应该瞧不起他。"她便用两根手指夹住青蛙，提起来把它放在墙角。她上床了，青蛙爬过去说："我累了，我要和你一样好好睡一觉。抱我上床，不然，我就告诉你父亲。"公主生气极了，抓起它猛力冲墙上摔去："现在你该安静了，你这讨厌的青蛙！"

它一落地，已不再是青蛙，而是一位王子，长着俊美而友善的眼睛。遵照国王的意愿，他成了公主亲爱的伴侣和丈夫。他对她说，他是被一个恶毒的巫婆施了魔法，除了公主，任何人都无法把他从水井里解救出来，明天他们要一起前往他的王国。说完话，他们睡着了。第二天早晨，太阳唤醒他们的时候，驶来了一辆八匹白马拉的马车，马头都插着洁白的鸵鸟羽毛，马身上挂着金链，车后立着一个人，这就是王子的侍从——忠诚的亨

利。他的主人被巫婆变成一只青蛙后,忠诚的亨利非常痛苦,他让人在他胸部围上三道铁箍,以防心脏因悲伤而破裂。这辆马车来接王子回到他自己的王国。忠诚的亨利扶王子夫妇上车,自己站在车后,为王子获救而欣喜万分。走了一程,王子听见他背后咔嚓一声响,好像什么东西折断了。他回过头去,大声说:"亨利,马车坏了?"

不,主人,马车没坏,
是我心口上的铁箍断了,
当你被困在井里,

当你被变成青蛙,
我的心痛苦万分。

路上又有两次响起咔嚓声,王子总以为是马车坏了,其实是忠诚的亨利心口的铁箍崩裂了,因为他的主人已经得救,并且获得了幸福。

# 狼和七只小山羊

从前有一只老山羊,她有七只小山羊。老山羊疼爱小山羊,就像母亲疼爱她的孩子们一样。有一天,老山羊要进森林里取食物,她把七只小山羊都叫过来,对他们说:"亲爱的孩子们,我要到森林里去,你们要提防狼。他要是跑到屋里来,会把你们连皮带毛统统吃掉。这个坏蛋经常伪装,但是你们听到它的粗嗓门,看到它的黑脚,马上就能认出他来。"小山羊们说:"亲爱的妈妈,我们会小心的,您就放心地走吧。"老山羊咩咩叫了几声,放心地走了。

没过多久,有人敲门,大声叫:"快开门,亲爱的孩子们,你们的妈妈回来了,给你们都带了点儿东西。"但小山羊们听见粗嗓门,知道狼来了。"我们不开门,"他们喊叫起来,"你不是我们的母亲,母亲的嗓子柔和动听,你却是个粗嗓门,你是狼。"于是狼去找卖杂货的买了一大块粉笔。他吃下粉笔,嗓子变细了,又来敲门,大声说:"快开门,亲爱的孩子们,你们的妈妈回来了,给你们都带了点儿东西。"但是狼把他的黑爪子搭在窗户上,小山羊见了都叫起来:"我们不开门,我们妈妈的脚不像你的这么黑,你是狼。"于是狼跑去找面包师说:"我碰伤了脚,拿湿面给我贴一贴。"面包师给狼爪贴上湿面后,狼又跑去找磨坊主,说:"给我在脚上撒些面粉。"磨坊主想:"狼要去骗人了,"就拒绝它的要求,可是狼说:"你不照办,我就吃了你。"磨坊主害怕了,就把狼爪弄成白的。是啊,人就是这样!

那坏蛋第三次来到山羊的家敲门,他说:"快开门,孩子们,你们亲爱的母亲回家了,我从森林里给你们都带了点儿东西回来。"小山羊们大声说:"先把你的爪子给我们看看,我们就能知道你是不是我们亲爱的妈妈。"狼把爪子放在窗户上,他们见爪子很白,就相信他说的话都是真的,打开了门。进来的却是狼。他们吓坏了,要躲起来。这个跳到桌子底下,那个爬到床上,第三个钻到炉膛里,第四个躲进厨房,第五个钻进柜橱,第六个藏在脸盆下面,第七个躲在钟匣里。但是狼把他们都找到了,并且毫不犹豫地把他们一个个吞下去,只有躲在钟匣里的最幼小的山羊没被找到。狼吃饱了,慢慢地走到绿草地上,躺倒在一棵树下睡起大觉来了。

不久,母山羊从森林里回家了。啊,她看到的是什么景象呀!门敞开着,桌椅板凳都翻倒了,脸盆破成碎片,床上的被子和枕头扔在地上。她找她的孩子们,可是哪儿都看不见他们,她一个个地呼唤他们的名字,但是没有回答。当叫到最幼小的山羊的名字时,一个声音轻轻回答:"亲爱的妈妈,我躲在钟匣里。"老山羊把她接出来,小山羊对她讲狼来了,把别人都吃了。你们可以想象,她为她可怜的孩子们哭得多么伤心!

后来她痛哭着走出家门,最幼小的小山羊也跟她一起出去。她来到草地,看见狼躺在树下打鼾,鼾声震得树枝颤动起来。她前后左右把狼打量一番,看见狼鼓鼓的肚子里有什么东西不停地在动。"啊,上帝啊,"她想,"莫非他吞下去的我可怜的孩子还活

着？"小山羊奔回家拿来剪刀和针线。母山羊剪开那坏蛋的肚皮，刚剪开一个口子，就有一只小山羊探出头来，她继续剪，六只小山羊陆续跳了出来，全都活着，而且都没有受伤，因为那坏家伙馋得很，一口把小羊羔整个儿吞下去的。真是个大喜事啊！他们争相拥抱亲爱的母亲。老山羊说："你们现在去找些大石头来，趁这邪恶的畜生还睡着，用石头填满他的肚子。"七只小山羊急忙运来石头，拼命往狼肚子里装。老山羊又迅速把狼肚子缝上，狼丝毫没察觉，连动也没动一下。

狼终于睡够了，站起来，肚子里的石头使他口渴得厉害，他想去井边喝水。刚一迈步，身体摇摇晃晃，肚子里的石头互相碰撞，哗啦啦响。他叫喊道：

> 什么东西在我肚子里头，
> 老是咕噜咕噜响？

他走到井边，弯下腰要喝水，沉重的石头坠着他掉进井里，他淹死了。七只小山羊看见了，跑过来高声欢呼："狼死了！狼死了！"高兴地和他们的妈妈一起围着水井跳舞。

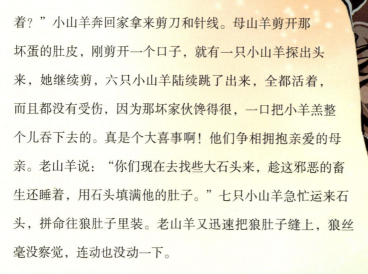

# 鼓手

一天晚上,一个年轻鼓手独自走在田野上。在湖边,看见岸上有三块白色亚麻布。"多么精细的亚麻啊!"说着,他便捡一块放在了自己口袋里。回到家里,他没再想起捡到的东西,就上床睡觉了。刚要入睡,有人叫他的名字。凝神细听,一个轻柔的声音在呼唤他:"鼓手,鼓手,醒来吧。"漆黑的夜里看不见人,只觉得有个人影在他的床前。

"你要干什么?"他问。

"你昨晚在湖边拿走了我的衬衣,"那声音回答说,"请你把它还给我。"

"告诉我,你是谁,"鼓手说,"我就还你。"

"我是一个强国的公主,却落入一个巫婆手里,被困在玻璃山上。每天我必须和我的两个姐妹一起在湖里洗浴,丢了衬衣我就无法飞回去。我的姐妹已经飞走了,我还不得不留在这里。求求你把我的衬衣还我吧。"

"不要着急,可怜人,"鼓手说,"我很乐意还你。"他取出那块布,在黑暗中递给她。她一把抓住,就要匆匆离去。

"等一等,"他说,"说不定我能帮助你。"

"那就得上玻璃山,把我从巫婆手里救出来。但你无法到达,即使到了也爬不上去。"

"我要做什么,就一定能做到。"鼓手说,"我同情你,我什么都不怕,就是不知道要去玻璃山该走哪条路。"

"去玻璃山穿过一片大森林,森林里有吃人的巨人。"她回答说,"我只能讲这些,不能再多说了。"随后,他听见她飞走了。

鼓手天亮就起身,挂上鼓,毫不畏惧地径直走进森林。走了一会儿,没看见巨人,他想:"我得把睡懒觉的家伙叫醒。"就把鼓挂在身前,一通鼓打得树上的鸟儿惊叫着飞起来。很快就有一个躺在草里睡觉的巨人站起来,就像一棵枞树那么高。

巨人向鼓手喊道:"你这个小家伙,我睡得正香,你为什么在这里敲鼓,把我吵醒?"

"我后面还有几千人要来,"鼓手回答说,"我敲鼓是为了给他们引路。"

"他们来我的森林里干什么?"巨人问。

"他们来干掉你,清除森林里像你一样的怪物。"

"哎呀呀,"巨人说,"我踩死你们还不是像踩死蚂蚁一样容易。"

"你以为你对付得了他们?"鼓手说,"你弯腰去抓一个人,他就逃走,躲起来;你躺下想睡觉,他们就从所有的树丛里出来,爬到你身上。他们个个腰带上掖着一把钢锤,要用它来砸你的天灵盖。"

巨人心里懊恼,他想:"和这些狡猾的人斗,我恐怕要吃亏。我能卡住狼和熊的咽喉,却对付不了蚯蚓。"他说:"听着,小家伙,你撤回去吧,我向你承诺:将来我不会找你和你的伙伴麻烦,如果你还有什么愿望,就告诉我,我想做一点让你高兴的事情。"

"你腿长，比我走得快，把我背到玻璃山吧，我就给他们发个信号，让他们撤退，不让他们给你找麻烦了。"

"来吧，小虫子，"巨人说，"坐在我的肩膀上，我背你。"巨人把他提起来放在肩上，鼓手在上面尽兴地打鼓。巨人还以为是在发信号让人撤退呢。过一会儿，又一个巨人站在路旁，把鼓手从第一个巨人肩上拿下来，放在自己衣服的纽扣眼里。纽扣像盆那么大，鼓手紧紧扒住纽扣，快乐地朝四下张望。他们又见到第三个巨人，他把鼓手接过去，放在他的帽檐上。鼓手在上面走来走去，目光越过树梢远眺前方，看见蔚蓝色的远方有一座山，他笑了，心想："这一定就是玻璃山了。"果然不错。那巨人又走几步，便到了山脚下。巨人把他放下来，鼓手要求把他背到玻璃山上去，巨人摇摇头，嘟囔了几句，就回森林里去了。

可怜的鼓手站在山下，山极高，仿佛三座山叠在一起似的，又光滑如镜，如何才能上去？他劳而无功地一而再，再而三地滑下来。"我要是一只鸟儿就好了。"他想。可是却长不出翅膀来。他束手无策地站在那儿，看见不远处有两个男人在激烈争吵。他朝他们走去，原来他们是为了一个马鞍发生争执，马鞍就在他们跟前地上放着，两人都想据为己有。"你们真傻，"他说，"为一个马鞍争吵不休，又没有马骑。"

"这鞍很值得争，"一人说，"谁坐在这鞍上，想到哪里，即使是世界的尽头，只要他说出愿望，眨眼间就到了。它本是我们共有的，现在该轮到我骑了，可他却不让。"

"我可以调解这纠纷。"鼓手说着，走了一段路，把一根白色的棍子插在地上，走回来后说："现在你们就朝那目标跑去，谁先到，谁就先骑。"那两人发足狂奔，没等他们跑多远，鼓手翻身骑上鞍，说他要上玻璃山，还不到翻掌的工夫，人已经在那里了。

玻璃山上有一块平地，平地上有一座年久的石屋，石屋前面有一个大鱼塘，鱼塘后面是一片黝黑的森林。他看不见人，看不见动物，四外静寂，只有风吹过树木的沙沙声，

云几乎贴着他的头顶飘走。他走到门前敲门，敲了三次，才有一个褐色面皮、红眼睛的老婆子来开门。她长长的鼻子上架着一副眼镜，目光锐利地看着他，问他要干什么。

"让我进去，供我食宿，"鼓手回答说。

"可以，"老婆子回答说，"不过你得做三件事。"

"为什么不呢？"鼓手回答说，"我生来不怕干活，再重的活也不怕。"老婆子让他进去，给他饭吃，晚上让他睡一张很好的床铺。早晨，他睡醒了，老婆子从她干瘪的手指上脱下一枚顶针，递给鼓手，说："现在去干活，用这枚顶针把外面池塘里的水舀干，入夜之前必须干完，池塘里所有的鱼都要按不同品种大小顺序排好。"

"这是个罕见的工作。"鼓手说着，去池塘动手舀水。

整整舀了一上午。用一枚顶针舀一口大池塘的水，即使舀一千年，能有什么结果？

中午时分，他想："全都白费力气，干不干还不是一个样。"他不干了，坐下来。这时屋里走出来一位姑娘，把一个盛着午饭的篮子放在他跟前，说："你坐在这里这么悲哀，生病了吗？"他望着她，觉得她非常美。

"啊，"他说，"第一个工作我就完不成，其他的工作怎么办呢？我是出来找一位公主的。她说她住在这里，可我没见到她。我想我该继续往前走。"

"留在这里吧，"姑娘说，"我帮助你摆脱困境。你累了，把你的头枕在我怀里睡吧。睡醒了，事情也就做完了。"鼓手没等她再说第二遍，就困得睡着了。

姑娘见他一闭上眼睛，就转动如意戒指，念道：

水升起，鱼儿出来。

立时，池水犹如一片白雾升上高空，和其他云朵一起飘走了，鱼儿喘着粗气蹦到岸上，自行按照不同种类和大小排列整齐。

鼓手醒来，看见大功告成，惊奇不已。姑娘却说："有一条鱼不跟同类排在一起，自己单独待着。老太婆今天晚上来，如果她问：'这条鱼怎么单独在这儿？'你就把鱼朝她脸上扔去，说：'这条鱼是给你的，老巫婆。'"

晚上，老婆子来了，也问了那句话，鼓手就把鱼往她脸上扔过去。她目露凶光瞪了他一眼。

翌日早晨，老婆子说："昨天的活你干得太容易了，我得给你重一点的活。今天你要把整片森林的树都砍倒，把木头劈了，码成六尺高的柴垛，晚上必须全部做完。"她给他一把斧、一把锤、两个楔子。但斧是铅斧、锤和楔子都是白铁做的。他一砍树，斧刃就卷了，锤子、楔子都砸瘪了。他束手无策。

中午，姑娘又带了食物来安慰他。"你的头枕在我怀里，"她说，"睡吧，睡醒了，事情也就做完了。"她转动她的如意戒指。顷刻间，整片森林里的树全都哗啦啦倒了，木头自己劈成小块木柴，自行堆成六尺高的柴垛，仿佛有眼不可见的巨人在完成这工作似的。

鼓手醒了，姑娘说："你看，木柴堆成方木柴垛，只剩下一根树枝。老太婆今天晚上来，如果她问这树枝是怎么回事，你就用这树枝打她，说：'这树枝是给你的，老巫婆。'"

老婆子来了，她说："你看，这活多容易干呀。这树枝是给谁的？"

"给你的，老巫婆。"他回答说，拿起树枝打了她一下。但她装作什么也没感觉到的样子，冷笑着说："明天早晨你把所有木柴堆成一个柴堆，点火把它烧了。"

拂晓时分他就起床，开始搬运木柴。可是，就他一个人怎么能把整个森林的木柴都弄到一块儿呢？工作没有进展。在危难时，姑娘没有离开他：中午她给他带来菜肴，吃完饭后，他把头枕在她的怀里睡着了。一觉醒来，整个柴堆烈火熊熊燃烧，火舌冲上云霄。"注意听我说，"姑娘说，"巫婆来时，会叫你做各种各样事情，不要害怕，她要你做什么，你都毫不畏惧地去做，她就丝毫伤害不了你；如果你害怕了，大火就会烧着你、吞噬你。到最后,你一切都做完了,就双手抓住她,把她抛入火海。"

姑娘走了,老婆子悄悄过来。"唉,真冷!"她说,"这儿有堆火烧着,暖和我这把老骨头,我觉得挺好。不过那儿有块木头没有燃烧,你去给我拿出来。做了这事,你就自由了,想去哪里,就可以去哪里。快去吧!"鼓手不假思索,跃进火海,火焰没伤害他,甚至没烧掉他一根毫毛。他把那块木头拿出来,放在地上。那木头一接触地面,马上变了:鼓手面前站着的,正是危难中施以援手的美丽的姑娘,鼓手从她的一身衣裳认出这就是他要找的公主。但是老婆子狞笑着说:"你以为你得到她了,其实你还没有得到她。"她正要朝公主扑过去,把她拖走,鼓手双手抓住老婆子,把她高高举起来,抛进熊熊燃烧的火堆,火焰吞没了她,似乎为吞噬了一个巫婆而感到欢欣。

公主望着鼓手,见他是个英俊少年,想到他冒着生命危险来救她,便向他伸出手,说:"你为了我甘冒一切危险,我也愿意为你做一切事情。如果你答应对我忠实,我愿做你的妻子。我们有的是财富,我们拥有巫婆在这里所聚敛的,已足够了。"她把他领进屋里,那里有许多装满珍宝的箱子、柜子。他们放着金银不拿,只带上宝石。她不愿在玻璃山上再逗留更长时间,鼓手对她说:"你和我一起坐在我的马鞍上,我们就像鸟儿一样飞下山去。"

"我不喜欢旧马鞍,"她说,"我只要转动一下如意戒指,我们就到家了。"

"好,"鼓手回答说,"我们就发愿去城门口。"转眼间他们已在那里了。鼓手说:"我要先去我父母家里,告诉他们情况。你就在这原野上等我,我很快就回来。"

"啊,"公主说,"我请求你多加小心,到家后不要吻你父母的右面颊,否则你会忘记一切，我就得孤零零独自一人留在原野上了。"

"我怎么会忘记你呢？"鼓手说，许诺很快就回来。

当他踏进父母的家，没有人立即认出他是谁，他的变化很大，因为他在玻璃山上度过的三天已是世上漫长的三年。他说了自己的身份，他的父母高兴得扑过去搂着他的脖子，他非常激动，忘了姑娘的嘱咐，亲吻了父母的双颊。他一在父母的右脸颊印上一个吻，有关公主的一切记忆全都消失殆尽。他把口袋里的东西都掏出来，将一大把非常大的宝石放在桌上。父母简直不知道该如何处置这些财富。于是父亲建造了一座豪华宫殿，若干花园、草地、几片树林环绕着宫殿，仿佛住在里面的是一位王侯。宫殿竣工了，母亲说："我给你挑选了一个姑娘，三天后就举行婚礼。"父母想要的一切，儿子全都赞同。

可怜的公主在城门外等待年轻人回去。到了晚上，她说："他一定吻了他父母的右脸颊，把我忘了。"公主极度悲伤，以致选择住在冷清的林中小屋，不愿再回到她父王的宫廷。她每天进城去，从他的家门口走过，他见到她几次，但已不认得她了。直到她听到人们说明天他要举行婚礼了。

"我要试一试，看我能不能再次赢得他的心。"

到了新婚首日晚会时，她转动她的如意戒指，说：

我要一件像太阳一样灿烂的衣裳。

这衣裳立刻放在了她的面前，光辉耀眼，仿佛纯系太阳的光线织成的。宾客全都到齐了，她走进大厅。人人都对这件美丽的衣裳惊奇不已，最兴奋的是新娘子，美丽的衣裳是她最大的快乐。新娘子问她是否愿意把这件衣裳卖给她。

"用钱买不行，不过，如果晚上能让我待在新郎睡觉的房门口的话，我愿意卖。"新娘子抑制不住欲望，答应了。但她在酒里掺进安眠水，新郎喝了睡得很沉。公主在卧室

外,透过门缝,朝屋里说道:

> 鼓手,鼓手,你听我说,
> 难道你完全忘了我?
> 忘了玻璃山上你我坐在一起?
> 忘了我从巫婆手里救过你?
> 忘了你和我握手矢志忠贞不渝?
> 鼓手啊,鼓手,你听我说。

然而一切都无济于事,鼓手沉睡不醒。到了早晨,公主没能如愿以偿,只得离去。

第二天晚上,她转动如意戒指,说:

> 我要一件银白如月的衣裳。

她穿着柔美如月光的衣裳参加晚会,又激起新娘子的贪欲,允许公主在卧房门前度过第二个夜晚。夜深人静时她大声说道:

> 鼓手,鼓手,你听我说,
> 难道你完全忘了我?
> 忘了玻璃山上你我坐在一起?
> 忘了我从巫婆手里救过你?
> 忘了你和我握手矢志忠贞不渝?
> 鼓手啊,鼓手,你听我说。

可是鼓手喝了安睡药酒,无法唤醒。早晨,她又伤心地回到她的林中小屋。但鼓手府队中的人们听到了陌生姑娘的哀诉，对新郎谈起此事，他们还告诉他，他不可能听见什么，因为她在他的酒里倒进安睡的药了。第三天晚上，公主转动如意戒指，说：

我要一件如同星光闪烁的衣裳。

当她穿着它在晚会上露面时，新娘子见它远比前两件衣裳绚丽华贵，激动地说：

我无论如何要得到它。

和以前一样，公主要求获准在新郎卧室门前过夜。临睡前新娘子给新郎端来了酒，新郎悄悄把它泼在床后。屋子里全都安静下来了，他听见一个温柔的声音呼唤他：

鼓手，鼓手，你听我说，<br>
难道你完全忘了我？<br>
忘了玻璃山上你我坐在一起？<br>
忘了我从巫婆手里救过你？<br>
忘了你和我握手矢志忠贞不渝？<br>
鼓手啊，鼓手，你听我说。

鼓手忽然恢复了记忆。他喊道："我怎会如此无情？我心里一高兴吻了父母的右颊，这一吻使我完全迷糊了。"他跳起来，拉着公主的手，把她领到父母床前。"这才是我真正的新娘，"他说，"如果我娶另一个，就要铸成大错了。"父母听说了事情的全部经过，便同意了。于是大厅中再次点燃灯烛，召来鼓乐，邀集亲朋，极尽欢乐地举行真正的婚礼。

那几件漂亮的衣裳归第一个新娘所有，作为对她的补偿，她也感到满意。

# 莴苣姑娘

　　从前有一个男人和一个女人，他们想要个孩子，可是很久都没有。

　　女人终于怀孕了，也许亲爱的上帝要让她如愿以偿了。他们家后面的房子有一扇小窗，能看到一座豪华美丽的花园，芳草如茵，盛开着最美丽的花卉。但是一道高墙围着花园，谁都不敢走进里面，因为它属于一个法力广大的女巫，人人都惧怕她。

　　有一天，女人站在那小窗旁俯看花园，看见一片园圃种着非常美丽的莴苣，那么鲜嫩，青翠欲滴，忽然产生想吃莴苣的极强烈的渴望。这渴望与日俱增，但她知道无法实现，因而日渐消瘦，面容苍白、憔悴。

　　她丈夫吃惊地问道："你怎么啦，亲爱的？"

　　"啊，"她回答，"如果不能吃到后面花园里长的莴苣，我就要死了。"

　　那男人很爱她，心想："无论付出什么代价，我都要给她弄点莴苣来，不能让老婆死。"他在暮色苍茫时翻过围墙，跳进巫婆的花园，匆匆忙忙割了一把莴苣，带回来给妻子。她马上拿它做了凉菜，吃得一干二净。她觉得莴苣味道好极了，第二天馋得更厉害。丈夫要让她安宁，还得再去一趟花园。

于是他又在暮色苍茫的时候爬墙过去。下了墙，他看见老巫婆就站在自己面前，吓一大跳。

"你胆子不小啊！"她目露凶光，"敢做贼到我花园里偷我的莴苣，我得叫你知道我的厉害。"

"啊！"他回答说，"请你宽恕我吧，我实在是迫不得已，我的妻子从窗口看到你的莴苣，她馋得厉害，不叫她吃点儿，她真的会死的。"

巫婆怒气渐消，对她说："真是像你所说的那样，我就让你拿莴苣，要多少拿多少。只是我有个条件：你得把你妻子生的孩子给我。我会像妈妈一样照料他，孩子的生活错不了。"那男人心里害怕，只得答应了。

他的妻子一分娩，老巫婆就去了，她给孩子取名叫莴苣，把孩子带走了。

莴苣长成了天底下最漂亮的女孩子。她十二岁那年，巫婆把她锁在森林中一座塔楼里。这塔既没有楼梯，也没有门，只塔顶上有一个很小很小的窗户。

巫婆要上塔楼，就往塔下一站，大声喊：

莴苣，莴苣，
放下你的头发，
我要上去。

莴苣有一头长长的细如金丝的美丽秀发，她听到巫婆的叫声，就解开辫子，缠绕在一个窗钩上，把头发放下四米来长，让巫婆爬上去。

几年以后，一位王子骑马穿过森林，从塔旁走过的时候，听见有人在唱歌，歌声是那么美妙动人，王子不由得驻足倾听。这是莴苣在孤寂中为了打发时光，扬声歌唱。王子想上去找她，却找不到塔楼的门。这座塔没有门。他只好回家，但这歌声深深地激荡着他的心，他便天天到森林里去听莴苣唱歌。一天，他站在一棵树后面，看见一个巫婆走上前去，听见她叫喊：

莴苣，莴苣，
放下你的头发，
我要上去。

莴苣听了，放下发辫，巫婆攀爬上去了。

"既然这是上塔的梯子,我也要碰碰运气。"

第二天天快黑的时候,王子走近塔,大声喊:

> 莴苣,莴苣,
> 放下你的头发,
> 我要上去。

不一会儿,头发垂下来,王子登上塔。

莴苣看见一个男人进塔向她走来,起初非常恐惧,因为她从来没有见过一个男人。但王子十分亲切地和她攀谈,向她诉说她的歌声如何使他的心深受感动,他如何寝食难安,非要亲自见她一面不可。莴苣的恐惧消失了,他问她是不是愿意嫁给他,她见他年少英俊,心想:"他会比戈特尔老太太还爱我。"便答应了,把自己的手放在他的手里。

她说:"我愿意跟你一起走,但是我无法下去。你每次来,都带一卷丝线来,我要编个软梯,编好了,我就能下塔,你再扶我上马。"

他们约定直到出走之前,他每天晚上都来看她,因为老太婆白天来。

这事巫婆丝毫也没有察觉,直到有一天,莴苣对她说:"请你告诉我,戈特尔太太,这是怎么回事,我觉得把你拉上来比把那年轻的王子拉上来要费劲得多,他一眨眼就到我身边了。"

"好啊!"巫婆叫嚷起来,"你这亵渎神灵的坏孩子,说的什么话!我还以为已经使你与世隔绝了呢!原来你骗了我!"大怒之下,她抓住莴苣美丽的发辫,在左手腕缠绕几圈,右手抄起一把剪刀,咔嚓几下,铰断头发,美丽的发辫落在地上。她还狠心地把可怜的莴苣带到一处荒野,迫使她在那里过着极艰辛痛苦的生活。

莴苣被赶走的当天晚上，巫婆把剪下的发辫的一端牢牢系在塔上的窗钩上，王子一喊：

莴苣，莴苣，

放下你的头发，

我要上去。

她就往塔下放发辫。王子登上塔，他心爱的莴苣姑娘不在塔上，却见老巫婆一双恶毒的眼睛死死盯着他。

"啊哈，"她讥笑王子，大声说，"你要找你的心上人，但美丽的小鸟儿已经不在窝里，也不歌唱了，猫把她叼走了，还要挖掉你的两只眼睛，叫你永远也见不到她！"

王子心中痛楚万分，绝望之中跳下高塔。他落在荆棘丛中，虽然保住了命，双眼却被刺瞎了。

他盲目地在森林里流浪，吃的无非树根、野莓，终日为失去他最心爱的女子而哭泣悲伤。他在愁苦困顿之中这样流浪了几年，终于来到莴苣和她生的孪生兄妹一起艰难度日的荒野。

他听到有人说话，那声音他是那么熟悉。他径直走过去，待他走近，莴苣认出他来，扑到他身上抱头痛哭。她的两行清泪湿润了他的眼睛，它们又变得清澈明亮，恢复了从前的视力。他带莴苣和孩子们一同回到他的王国，受到了热烈的欢迎。他们幸福愉快地一起生活了很久很久。

# 渔夫和他的妻子

从前,有一个渔夫和他的妻子住在紧靠海边的一个渔家小屋,渔夫天天去钓鱼,他总是钓鱼,钓鱼。

一天,他手持鱼竿坐在海边,一直望着清澈的海水,这么坐了很久,很久。

鱼钩深深地沉入海里,他提起钓竿时,钓到一条很大的比目鱼。

比目鱼对他说:"渔夫啊,求求你,放我一条生路!我不是真正的比目鱼,我是个被施了巫术的王子。你杀了我,对你有什么好处?我的肉你吃了也不香!把我放回海里让我游走吧!"

"好了,"渔夫说,"用不着说那么多话,一条会说话的比目鱼我一定放它游走。"说着他就把它重新放回清澈的海水里去了。

比目鱼潜入水下,在他的身后留下一条长长的血痕。渔夫站起来,回到小屋,回到他的妻子身边。

"今天钓到什么没有？"妻子问。

"没有，"渔夫回答，"我钓到一条比目鱼，它说它是中了巫术的王子，我就又把它放了。"

"你向它提要求了吗？"妻子问。

"没有，"丈夫说，"我能要求什么呀？"

"啊，"妻子说，"老是住这又臭又让人恶心的破房子，真是糟透了。你可以要一座小房子嘛。再去一趟，喊它出来，告诉它，我们想要一座小房子，它会给的。"

"啊，"丈夫说，"我怎么能再去说呢？"

"哎呀，"妻子说，"你逮着它又把它放了，它会给的。快去吧！"

渔夫不愿这样做，但又不想和妻子对着干，就到海边去了。

到了海边，大海已不那么清澈，变成了绿黄色。他往前一站，说：

小王子啊，小王子，
大海里的比目鱼，
伊莎比尔是我的妻，
我的想法她不同意。

比目鱼游上来说："那她要什么呢？"

"啊，"渔夫说，"我不是逮着你了嘛，我的妻子说，我应该要点儿什么东西。她不愿再住在那间小屋，她想要一座小房子。"

"你回去吧，"比目鱼说，"她已经有小房子了。"

渔夫回去，他的妻子没在渔民小屋里，那里现在是一座小房子，他的妻子坐在门前

一张凳子上。她握着他的手,对他说:"进去里面看看,现在可好多了。"于是他们进去,小房子里面有个小厅,一间干干净净的卧室,里面有他们的床,还有厨房和储藏室,所有房间都配置了很好的家具,还有铜的、锡的器皿以及一切居家必备的物件,都摆放得整齐得体。屋后还有一个养着鸡鸭的小庭院,一个种着青菜果树的小园子。妻子说:"看,这不是挺好吗?"

"是啊,"丈夫说,"这真不错,我们就高高兴兴过日子吧。"

"我们还得想想。"妻子说。随后他们吃饭、睡觉。

这样过了一两个星期,妻子对她丈夫说:"你听着,这小房子也太狭小了,院子和园子都那么小。比目鱼也可以送我们一座大点儿的房子嘛。我想住在一座石头造成的大宫殿里面。去跟比目鱼说,叫它送我们一座宫殿。"

丈夫说:"这小房子就够好的了,我们干吗要住宫殿?"

"哎呀,"妻子说,"你就去吧,比目鱼会给的。"

"不,太太,"丈夫说,"比目鱼刚刚给了我们这座小房子,我不愿意再去找它,它会不高兴的。"

"去吧,"妻子说,"这事它能办好,它也乐意给办,你只管去吧。"

渔夫心情沉重,他不愿意这样做。他对自己说:"这样做不对。"但他还是去了。

渔夫走到海边,海水又紫又蓝,又灰又浓,不再是黄绿黄绿的了。但是大海仍然平静。他往前一站,说:

> 小王子啊,小王子,
> 　大海里的比目鱼,
> 伊莎比尔是我的妻,
> 我的想法她不同意。

比目鱼游上来说:"那她要什么呢?"

"啊,"渔夫苦恼地说:"她想住一座石头造的大宫殿。"

"你只管回去吧,她已经站在宫殿门口了。"比目鱼说。

于是渔夫往回走,快到家时,就看见那里耸立着一座高大的石砌宫殿,他的妻子高高地站在台阶上。她拉着他的手说:"进去吧!"

他随她进去,宫殿里有一个宽敞的门厅,大理石铺地,没有一处接缝;许多仆从用力拉开一道又一道大门,墙壁明亮,挂着美丽的壁毯,所有房间里都摆着纯金的桌椅,天花板下悬挂着枝形水晶灯架,所有房间、卧室全都铺了地毯;桌上精美食品、上等美酒非常丰盛;房屋后面有个很大的院子,牛棚、马厩、马车……一切都是最好的;也有一个美丽的大花园,里面有最美丽的鲜花和很棒的果树,还有一个方圆好几里的漂亮公园,豢养着麋鹿、獐、兔……人们想要的动物那里都有。

"你看,"妻子说,"这不是很好吗?"

"是啊,是啊,"丈夫说,"这太好了,我们也要在美丽的宫殿住下了,不要再不满足。"

"我们还要再想一想,"妻子说,"再想一想。"说着,他们就去睡觉了。

第二天早晨妻子先醒来,这时天刚亮,她从床上看到眼前是一片美好的田野。渔夫还在床上翻身,她用胳膊肘捅他,说:"起来,起来,看看窗户外面。你看,我们不能当这一方土地上的国王吗?去跟比目鱼说:我们要做国王!"

"唉,太太,"丈夫说,"我们干吗要做国王?我不喜欢做国王。"

"好,"妻子说,"你不喜欢做国王,我要做。去找比目鱼,我要做国王。"

"唉,太太,"丈夫说,"你做国王干吗?我不去跟他说。"

"为什么不去说?"妻子说,"你马上去,我就是要做国王。"

于是渔夫去了,为他的妻子要做国王而感到心情沉重。"这样做不对。"渔夫心里想。他不愿意去,但他还是去了。

大海变成了黑灰色,海水从海底翻滚上来,发出臭味。渔夫往前一站,说:

> 小王子啊,小王子,
> 　大海里的比目鱼,
> 伊莎比尔是我的妻,
> 我的想法她不同意。

比目鱼说:"那她要什么呢?"
"啊,"渔夫说,"她想做国王。"
"你只管回去吧,她已经是国王了。"

于是渔夫回去,当他走到宫殿,宫殿比以前大多了,上面还有一座塔楼和华美的装饰;宫殿门口有岗哨,还有许多士兵、铜鼓和喇叭。他走到宫殿里面,那里的一切都是大理石和金子做的,天鹅绒的台布,垂下很大的金色流苏。大殿的门开了,宫廷的所有朝臣都在里面,他的妻子坐在黄金和钻石制成的国王宝座上,手里拿着纯金和宝石制作的权杖。两行少女,每行六人,侍立在她的两侧,一个比一个矮一头。

渔夫往前跨一步,说:"太太,现在你是国王了?"
"不错,"妻子说,"现在我是国王了。"

他站在那里凝视着她,看了她好一阵子,然后说:"啊,太太,你当上国王,很不错了!我们可别再有什么别的要求了。"

"不,"女人烦躁地说,"我心里烦闷,已经无法忍受!你去找比目鱼,跟它说:我做了国王,还要做皇帝!"

"啊,"丈夫说,"你做皇帝干吗?"

她说:"去找比目鱼,我要做皇帝!"

"啊,太太,"丈夫说,"它不能让人做皇帝,我不去对比目鱼说。只有帝国才能有皇帝,比目鱼不能让谁做皇帝。"

"什么?"女人说,"我是国王,你只不过是我的丈夫,你还不快去?快去!既然它能让人做国王,它就能让人做皇帝。我要做皇帝,我就是要做皇帝!还不快去?"

渔夫不得不去。但他心里十分不安,他边走边想:"这样不好,很不好,想做皇帝,太厚颜无耻了,比目鱼会恼火的。"

渔夫想着想着,到了海边。海水乌黑、浓稠,海底涌动,泛起泡沫,旋风掠过海面,大海波涛汹涌。渔夫心里害怕,他站在那里说:

小王子啊,小王子,
大海里的比目鱼,
伊莎比尔是我的妻,
我的想法她不同意。

"那她要什么呢?"比目鱼说。

"啊,比目鱼,"渔夫说,"我的妻子要做皇帝。"

"你只管回去吧,她已经是皇帝了。"

于是渔夫回去,到了宫里一看,整座宫殿都是磨光的大理石建造的,配置了石膏浮雕和黄金饰物。宫门外有士兵列队行进、吹喇叭、打鼓。宫殿里男爵们、伯爵们、公爵们来回走动,简

直就像仆人一般。他们为他开门，那一道道门都是纯金打造成的。他走进大殿，看见妻子坐在用整块黄金做成的、高约两英里①的宝座上；头上戴着两英尺②高的大金皇冠，皇冠上镶嵌着钻石和红宝石。她一手握着权杖，一手托着象征皇权的金球；侍臣从最高大的两英尺巨人到最小的像小指头那么点儿的侏儒，按高矮排成两行，侍立在她两侧，许多公爵、侯爵站在她面前。

渔夫走到这些人中间，说："太太，现在你是皇帝了？"

"不错，"她说，"我是皇帝。"

渔夫往前靠近仔细打量她好一会，然后说："啊，太太，你当了皇帝，多好啊！"

"你站在那里干吗？"她说，"现在我是皇帝了，我还要做教皇，你去跟比目鱼说！"

"啊，我的妻子，"渔夫说，"你怎么什么都要？你不能做教皇。基督教的世界里就只有一个教皇。比目鱼不能让谁当教皇。"

"我要做教皇，"她说，"快去，我今天就要做教皇。"

"不，"渔夫说，"我不去对它说。这不会有好结果的，想做教皇，太过分了，比目鱼不能让你做教皇。"

"胡说！"妻子说，"比目鱼能让人做皇帝，也就能让人做教皇。你马上去！我是皇帝，你只不过是我的丈夫。你是去还是不去？"

渔夫害怕，只得到海边去，但他浑身颤抖，软弱无力，膝盖和小腿肚都在发抖。这时狂风骤起，乱云翻滚，天变得阴沉沉，就像快到晚上一般模样；树叶纷纷飘落，大海波浪汹涌，怒涛拍岸，他看到远远的海上，船只在惊涛骇浪中颠簸，鸣枪求救。天空正中还有一点儿蔚蓝，但四周彤云密布，似乎暴风雨就要来临。渔夫战战兢兢走上前去，惶恐地说：

---

① 1英里=1.6093千米。
② 1英尺=0.3048米。

> 小王子啊，小王子，
> 大海里的比目鱼，
> 伊莎比尔是我的妻，
> 我的想法她不同意。

"那她要什么呢？"比目鱼说。

"啊，"渔夫说，"她要做教皇。"

"你只管回去吧，她已经是教皇了。"

渔夫便往回走，到了那儿，只见一座巍峨的教堂耸立在那里，环绕在它周围的都是宫殿。他从人群中挤过去，教堂里面，成千上万盏灯火照得通明。他的妻子身穿金衣裳，坐在一个比之前还要高得多的宝座上，头上顶着三顶很大的金冠，她的周围是一大群显要的神职人士，她的两侧从粗到细立着两排蜡烛，最粗的就像最大的塔那么粗、那么高大，最细的像厨房里最小的蜡烛。所有皇帝、国王统统跪在她的脚下，吻她的拖鞋。

"太太，"渔夫仔细望着她，"你现在是教皇了？"

"不错，"她说，"我是教皇。"

他往前走近几步，又仔细打量她，他觉得好像在望着明亮的太阳似的。他打量了一阵子之后，说："啊，太太，你当教皇还真合适！"她端坐在那里，像一棵树一样，一动也不动。他就说："太太，你做了教皇，该满足了。现在你再没什么好当的了。"

"我还要想一想。"妻子说罢，便上床睡觉了。可是她睡不着，欲望使她无法安睡。她一直在想还能再当个什么。

渔夫白天跑了很多路，睡得很香，睡得很实；那女人根本睡不着觉，一整夜不停地翻身，一直在动脑筋想还能再做个什么，可是想不出什么。太阳快升上来的时候，她看见朝霞，就从床上坐起来，死死地盯着。她从窗户里看见太阳升起来，心想："哈哈，我不是也可以叫太阳和月亮升上来吗?"

"喂,"她一边说一边用胳膊肘捅渔夫的肋骨,"醒醒,醒醒,去跟比目鱼说,我要和亲爱的上帝一样。"

渔夫睡得迷迷糊糊,吓得从床上掉下来。他以为听错了,揉揉眼睛说:"啊,太太,你说什么?"

他妻子说:"如果我不能叫太阳和月亮升上来,我就无法忍受,如果我不能亲自让它们升上来,我就一刻也不得安宁。"她一面说,一面恶狠狠地看着他,看得他毛骨悚然。"马上去说:我要像上帝一样。"

"啊,太太,"渔夫给她跪下,"比目鱼是办不到这一点的。他可以让人做皇帝、做教皇,不能让人做上帝!求求你,知足吧,你就永远做教皇吧。"

她听了勃然大怒,头发全都竖了起来,她撕着自己身上的衣服,踢他一脚,大声喊叫:"我受不了!我再也受不了了!你还不快去?"

渔夫穿上外衣，发疯似的跑了。

外面暴风狂啸，他几乎没法站稳脚跟。房屋、树木被风刮倒，山岳在颤抖，岩石滚入大海，天空漆黑一团，雷电交加，大海黑浪翻滚，浪头像教堂的塔楼那么高，浪尖上都有白色的泡沫。渔夫大声呼喊，连自己也听不到自己的声音：

> 小王子啊，小王子，
> 大海里的比目鱼，
> 伊莎比尔是我的妻，
> 我的想法她不同意。

"她究竟要什么？"比目鱼问。

"啊，"渔夫说，"她要和亲爱的上帝一样。"

"你只管回去吧，她又回到原来的小屋了。"

直到今天，他们还待在那里。

# 白雪公主

有一年冬天,雪花像羽毛般从天上飘落下来。一位王后坐在乌檀木框的窗前做针线活。她一边缝,一边抬眼望着雪花,针扎破手指,流了三滴血,滴在雪地上。白雪衬着血红,分外美丽,她想:"要是我有个孩子,皮肤像雪那么纯白,唇像血那么鲜红,发像乌檀木窗框那么乌黑,那该多好!"

不久,王后生了一个女儿,果然肌肤雪白,双唇鲜红,头发乌黑像乌檀木,大家都叫她白雪公主。可惜孩子出生后,王后就去世了。

一年多以后,国王又娶了一个王后。这是个漂亮的女人,可是很骄横傲慢,不能容忍别人比她美丽。她有一面魔镜,她一走到魔镜前面照镜子,就会问:

> 小镜子啊,墙上的镜子,

> 谁是全国最漂亮的女子？

镜子就回答：

> 王后，您是全国最漂亮的女子。

她听了十分满意，因为她知道，镜子是只说真话的。

白雪公主一天天长大，越长越漂亮。到她七岁的时候，她像晴朗的白昼一样美丽，甚至比王后还要漂亮。有一天，王后问镜子：

> 小镜子啊，墙上的镜子，
> 谁是全国最漂亮的女子？

镜子回答：

> 王后，这里您最美，
> 但白雪公主比您还美千百倍。

王后大吃一惊，因为妒忌，脸色变得很难看。从此一见白雪公主，她的心就在身体里面翻腾个不停，她对这小女孩恨得要死。忌妒和骄傲像野草一样在她心里越长越高，使她日夜不得安宁。

她找来一个猎人，命令他："把这个孩子带到森林里去，我不要再看见她。你要杀了她，带回她的肝和肺给我作凭证。"

猎人遵命，带走白雪公主。当他抽出长猎刀，正要刺穿白雪公主纯洁的心之时，她

哭泣着说:"亲爱的猎人,饶我一命吧!我一定跑到荒野的森林里去,永远不再回家。"

白雪公主长得那么美,猎人非常同情她,就说:"可怜的孩子,你快逃吧!"猎人心里想:"过不了多久,这孩子就会被野兽吃掉的。"但他觉得好像心里一块石头落地了,因为他用不着亲手杀死她了。恰巧这时有一只小野猪跑过来,猎人把它刺死,掏出肝、肺,带回去给王后作为凭证。这个歹毒的王后叫厨师把它们加盐煮了,然后自己把它们统统吃掉了,自以为吃的是白雪公主的肝和肺。

可怜的白雪公主独自一人在大森林里，心里非常害怕，望着树上的树叶，不知如何是好。之后，她拔腿迅速跑开，越过尖尖的石头，穿过荆棘丛，野兽从她身边跑过去，但是都不伤害她。她只要还能挪动双腿，就不停地奔跑，一直跑到天快黑。这时，她看见一座小巧的房子，就进去里面休息。小屋里一切都小，但很精致、清洁、无可挑剔。那里有一张铺着白桌布的小桌子，桌上有七只小碟，每只小碟都配有小勺，另外还有七把小刀、七把小叉和七盏小酒杯。沿墙并排七张小床，都铺着雪白的床单。

白雪公主又饥又渴，她从每只小碟里各拿一点儿蔬菜和面包吃，从每只小酒杯里喝一滴葡萄酒；因为她不愿意把哪个人的东西全都吃光。在这之后，她已经十分疲倦了，就想在小床上躺下，可是前六张小床都不合适，第七张小床对她来说还算合适。她躺在小床上，说了声"上帝保佑"就睡着了……

天完全黑了，小屋的主人回来了，那是在山里挖矿的七个小矮人。他们点着七盏小灯，小屋顿时被照得亮堂堂，他们发现有人来过，因为屋里不是一切都跟他们离开时一模一样。

第一个人说："谁坐过我的小椅子？"

第二人说："谁吃了我小碟子里的东西？"

第三个说："谁吃了点儿我的小面包？"

第四个说："谁吃了点儿我的蔬菜？"

第五个说："谁用了我的小叉？"

第六个说："谁喝了点儿我酒杯里的酒？"

接着，第一个矮人环视周围，发现他的床上凹下去了一点儿，就说："谁在我的床上躺过？"其他人都跑过来，大声说："我的床也有人躺过！"

第七个小矮人瞥一眼他的床，发现白雪公主躺在床上睡得正香。他喊其他人，他们跑过来，举起七盏灯照着白雪公主，惊奇地叫起来。"哎呀，我的上帝！哎呀，我的上帝！"他们大声说，"这么漂亮的孩子！"他们非常高兴，便不唤醒她，让她在床上继续睡觉。第七个小矮人睡在伙伴们的床上，在每个伙伴床上睡一小时，黑夜就过去了。

早晨，白雪公主醒来，看见七个小矮人，她感到害怕。但小矮人们待她很和气，问她："你叫什么名字？"

"我叫白雪公主。"她回答。

"你是怎么到我们这里来的？"小矮人们接着问。

她把继母想派人杀死她，猎人放她逃命，她跑了一整天，最后才找到他们的房子的事跟他们讲了一遍。

小矮人们说："如果你愿意替我们洗衣做饭、铺床叠被、缝补编织，如果你愿意把一切都收拾得干干净净、整整齐齐，你可以在我们这里住下去，我们不会亏待你的。"

"好的，"白雪公主说，"我打心眼里愿意留在这里！"于是就在他们那儿住下来。

她替他们把一个家料理得井井有条：早晨他们进山找金子，晚上回来，饭菜都准备好了。白天小女孩独自一人待在家里，好心的小矮人告诫她："要提防你的继母，她很快就会知道你在这里的。不要让外人进来，不论是谁。"

王后吃了自认为是白雪公主的肝和肺以后，满以为自己又成了最尊贵最美丽的女人了，她走到镜子前面说：

小镜子啊，墙上的镜子，<br>
谁是全国最漂亮的女子？

镜子回答：

*王后，这里您最美，*
*但白雪公主在山里，*
*在七个小矮人那里，*
*她比您还美千百倍。*

王后大吃一惊，因为她知道魔镜不说假话，她知道自己被猎人骗了，白雪公主还活着。于是她左思右想该怎样去杀害白雪公主。因为，只要她不是全国最美的人，她就会由于忌妒而不得安宁。

后来她想出了个主意，在脸上涂抹些颜色，扮作一个年老的小商贩，让人认不出她来。

她翻过七座山，到了七个小矮人的家，敲门喊叫："卖漂亮的东西！卖漂亮的东西！"

白雪公主从窗口张望，大声说："你好，亲爱的太太！你卖什么东西？"

"好东西，漂亮的东西，"她回答说，"各种颜色的腰带。"说着就取出一条彩色丝带。

"可以让这个诚实的女人进来。"白雪公主想，就开门要买美丽的带子。

"孩子，"那老婆子说，"看你成个什么模样了！来，我给你好好扎一扎。"白雪公主一点儿也不起疑心，她走上前去，让她替她系上新带子。老婆子又快又狠地把白雪公主捆绑得结结实实，她喘不过气来，昏死过去了。"现在你只能算是曾经最美丽的女子了！"老婆子说罢，匆匆跑了出去。

幸亏不多久就到了傍晚，七个小矮人回到家里，看见亲爱的白雪公主躺在地上，一动不动，死人似的，全都吓坏了。他们把她抬起来，看她被绑得太紧，就把带子剪断。白雪公主开始微微喘气，慢慢地又活过来了。小矮人们听她讲了事情经过，都说："做小买

卖的老太婆不是别人,就是王后。你要当心,我们不在家的时候,别让任何人进来!"

那恶毒的女人回到家里就去照镜子,问:

> 小镜子啊,墙上的镜子,
> 谁是全国最漂亮的女子?

镜子的回答还跟以前一样:

> 王后,这里您最美,
> 但白雪公主在山里,
> 在七个小矮人那里,
> 她比您还美千百倍。

她一听这话,吓出了一身冷汗,因为她清楚地知道白雪公主又活过来了。"走着瞧吧,"她说,"我要想出个办法叫你完蛋!"她会巫术,就施巫术做了一把有毒的梳子,然后又乔装打扮成另一个老婆子。她爬过七座山,到了七个小矮人的家,敲门喊叫:"卖好东西啦!卖好东西啦!"

白雪公主望着窗外说:"你走吧,我不许任何人进来!"

"你看看总可以吧!"老婆子说着,取出毒梳子,举得高高的。小姑娘很喜爱这把梳子,受到诱惑,把门打开了。谈好了买卖,老婆子说:"我给你好好梳一梳吧!"可怜的白雪公主想也不想一下,就让老婆子梳头。那梳子一插进头发丝,毒性发作,小姑娘便失去知觉,栽倒在地上。"最美的女人,"这个恶毒的女人说,"现在你可完蛋了。"说罢,拔腿就走了。

幸亏不多久已是傍晚,七个小矮人回家了。他们一见白雪公主死人似的躺在地上,马上怀疑是她的继母害的,仔细检查一番,很快便发现那把毒梳子。他们把梳子拔出来,白雪公主就又苏醒过来,讲了事情的经过。小矮人又一次告诫她千万小心,无论谁来都不要开门。

王后在家里走到魔镜跟前问道:

小镜子啊,墙上的镜子,
谁是全国最漂亮的女子?

镜子的回答依然如故:

王后,这里您最美,
但白雪公主在山里,
在七个小矮人那里,
她比您还美千百倍。

她听见镜子这么说,气得浑身发抖。"一定要叫白雪公主死,"她疯了似的喊叫,"即使要付出我的生命!"随即走进一间十分隐蔽的密室,那个房间是别人不许进去的,她在那里制作了一只有毒的苹果。这苹果外表非常漂亮,谁看了都会馋涎欲滴,可是只要咬一小口,必定丧命。

苹果做好了,她在脸上涂抹些颜色,改扮成一个农妇,翻过七座山,到了七个小矮人的住处。她敲门,白雪公主把头伸出窗外,说:"我不能让人进屋!"

"我也不想进屋,"农妇说,"我的苹果快卖完了。这只苹果送给你吃吧。"

"不,"白雪公主说,"我不能接受别人的任何东西!"

"你怕有毒吗?"农妇说,"你看,我把苹果切成两半,你吃红的那一半,我吃白的这一半。"

白雪公主怎会知道那苹果是只有红的那一半有毒。她早就馋那漂亮的苹果，一看农妇吃上了，就再也忍不住，伸出手去接过有毒的那半个苹果。张嘴刚咬一口，就倒在地上死了。王后用恶毒的目光把她打量一番，哈哈大笑："肌肤雪白，双唇血红，头发乌黑像乌檀木！这一回小矮人可没法让你再醒过来了。"到了家里，她问镜子：

小镜子啊，墙上的镜子，
谁是全国最漂亮的女子？

镜子终于回答：

"王后,您是全国最美的女人。"

她那颗忌妒的心获得了最大的安宁。

晚上,小矮人们回家,发现白雪公主躺在地上,已经没有呼吸,她死了。他们把她抬起来,检查是不是哪儿有什么有毒的东西,松开她的衣带,给她梳理头发,用清水和葡萄酒给她擦拭,但这一切都无济于事。可爱的小姑娘死了,死了!

他们把她放在一副担架上,七个小矮人守在担架旁,为她的死痛哭,哭了三天三夜。该下葬了,可她仍然像活人那么美丽,脸颊依然红润。

"我们不能把她埋在黑土里。"于是定做了一口无论从哪个方向都能看得见她的透明的玻璃棺材,把她放在里面。玻璃棺上用金字写了她的名字,好让人知道这是一位公主。然后他们把棺材运到了山上。无论何时,七个小矮人中总有人守在玻璃棺旁。动物也来哀悼白雪公主,最先来的是一只猫头鹰,接着是一只鹿,又飞来一只鸽子。

白雪公主在棺材里躺了很久很久,她没有腐烂,看上去像是在睡觉,依旧肌肤洁白似雪,双唇鲜红如血,头发像乌檀木一样黑。

后来,有一位王子在森林里迷了路,到小矮人的小屋过夜。他在山上见到那口玻璃棺材和棺材里美丽的白雪公主,读了棺材上用烫金字母写的话。他对小矮人们说:"把玻璃棺材给我吧,你们要什么,我都可以给你们。"但是小矮人们回答说:"把世界上的黄金都给我们也不行。"

王子说:"那么你们就把它送给我吧,看不见白雪公主,我就没法活下去。我一定像尊敬我最亲爱的人那样尊敬她。"

他说得非常诚恳,善良的七个小矮人对他产生了同情,就把玻璃棺材送给了他。王子让侍从把棺材抬在肩上运走。碰巧他们被灌木绊了一跤,一颠,白雪公主咬下的那一口有毒的苹果从喉咙里蹦出来了。不一会儿，她睁开眼睛，托起玻璃棺盖，坐了起来。她又活过来了。"啊，上帝啊，这是什么地方？"她大声说。

王子非常快乐，"你和我在一起。"他讲了事情的经过，"我喜欢你超过世上的一切。和我一起到我父亲的王宫去吧，我要娶你做我的妻子。"白雪公主也觉得他人很好，便随他前往，他们的婚礼安排得又隆重又豪华。

白雪公主的那个恶毒的继母也被邀请参加婚礼。她穿上漂亮的衣裳，走到魔镜前面说：

小镜子啊，墙上的镜子，
谁是全国最漂亮的女子？

镜子回答：

王后，这里您最美，
但年轻的王后比您美千百倍。

这个恶毒的女人大声咒骂了一句，她心里非常害怕，不知该怎么办好。起初她真不想去参加婚礼，可是心里总不得安宁，她无论如何要去看一看年轻的王后。她一进去，就认出那是白雪公主，吓得站在那里动弹不得。这时，铁钳子夹着铁鞋早已架在炭火上，摆在她的面前。她必须套上烧红的铁鞋跳舞，一直跳到跌倒在地上死去。

# 勇敢的小裁缝

夏天的一个早晨,一个小裁缝坐在窗前的桌子旁边,高高兴兴劲头十足地缝制衣服。这时街上来了一个农村妇女大声喊叫:"卖好果酱啦,卖上等果酱啦!"这声音传到小裁缝耳朵里,他觉得很悦耳动听,便从窗口探出他那颗小脑袋,叫道:"上这儿来,亲爱的太太,这儿要买!"农妇提着沉甸甸的篮子,走上三级台阶,来到小裁缝跟前,一罐一罐打开果酱罐。小裁缝逐罐仔细看了一番,又把它们举起来凑近鼻子闻闻,末了说道:"这果酱我看挺好,给我称二两①半吧,亲爱的太太,三两也没关系。"那农妇原以为他要买很多,给他称完,嘟嘟囔囔气呼呼地走了。

"嘿,上帝赐予我果酱,吃了它身强力壮!"他

---

① 1两=50克。

说着从柜子里取出面包，切下一片，抹上果酱。"味道准错不了，"他说，"不过，还是先做好背心再吃。"他把面包放在旁边，继续缝下去，心里美滋滋的，针脚越缝越大。这当儿，果酱的甜味升到墙上，墙上的苍蝇受了甜味的引诱，成群结队飞下来落在面包上。"喂，谁请你们来的？"小裁缝边说边驱赶这伙不请自来的家伙。可是苍蝇不懂德语，不仅不走，反而越聚越多。小裁缝终于像人们说的那样火冒三丈，从旮旯里掏出一块抹布，"看我给你们点厉害瞧瞧！"说着便狠狠打下去。他拿起抹布一数，至少七只苍蝇伸直了腿死在他面前。"我还真是个英雄好汉。"他说，不禁欣赏起自己的勇敢。"此事应该让全城都知道！"于是他匆匆忙忙给自己剪裁缝制一条腰带，并在上面绣上"一下打死七个"几个大字。"让全城知道算得了什么？"他继续说，"要让全世界都知道！"他高兴得心像羊羔的小尾巴那样乱晃。

　　小裁缝系上腰带要去闯世界，因为他觉得裁缝铺太小，不足以显出他的勇敢。临行前他在屋子里四处寻找有什么可以随身携带的，只找到一块陈奶酪，他把它放进口袋。走到城门前，看见一只鸟儿被绊在灌木丛里，他把鸟儿捉来和奶酪一起放在口袋里。他勇敢地迈开双腿朝前走，因为他行动敏捷，并不觉得疲倦。走到一座山的山顶，一个块头很大的巨人坐在山顶上悠然自得地东张西望。小裁缝壮起胆来和他搭话："你好，伙计！你坐在这儿看广阔世界啊？我也正要去闯世界，想不想一块儿去？"巨人不屑地打量小裁缝，说："你这混蛋！可怜虫！"

　　"屁话！"小裁缝回答说，解开上衣，让巨人看他的腰带："你一看就知道我是何等人物！"巨人一看"一下打死七个"，以为小裁缝打死的是人，对这小个子稍稍有了点儿敬意。但他要先试探试探他，便捡起一块石头，放在手里一握，石头竟滴出水来。巨人说："你要是有力气的话，也照这样做给我看看！"

　　"这有什么了不起的，"小裁缝说，"这对我来说简直像玩儿一样。"他把手伸进口袋,掏出那块软奶酪,一捏,汁水直流。他说:"瞧,不比你厉害点儿?"巨人不知说什么好,但仍不相信这小个子有这么大能耐。他捡起一块石头,扔得老高老高的,眼睛几乎看不见它的影子。"喂,小个子,你也像我这样来一下!"

"扔得好,"裁缝说,"可是这块石头不是又掉下来了?我扔一块你看看,叫它永远不回来。"说着,掏出口袋里那只鸟,把它抛向天空。鸟儿喜获自由,向高空飞去,一去不复返。"这一手怎么样,伙计?"裁缝问。"扔石头你还行,"巨人说,"不过还得看你是不是能扛点有分量的玩意儿。"他领小裁缝来到一棵已被砍倒在地上的大橡树跟前,说:"如果你有力气,就帮我把这棵树抬出森林。""没问题,"小裁缝说,"你把树干扛上肩吧,树枝树杈全由我来抬,这是最重的。"巨人把树干扛上肩膀,裁缝却坐在一根树枝上,巨人没法回头看,除了整棵树,他还得连同小裁缝一起扛着往前走。小裁缝在后面开心极了,用口哨吹起《三个裁缝骑马出城门》这支歌的曲调,好像扛大树是一种儿童游戏似的。巨人扛着沉重的大树走了一段路,实在走不动了,大声嚷道:"听着,我得把树放下了。"小裁缝敏捷地跳下来,伸开双臂抱着树,仿佛刚才他抬着树走似的,对巨人说:"你这么大的块头,连这棵树也抬不动?"他们一起朝前走,走到一棵樱桃树前,熟了的樱桃挂满枝头,巨人伸手抓住树冠,把它扳下来,让裁缝抓住,叫他吃樱桃。小裁缝那么瘦弱,怎么拽得住那棵树?巨人一松手,树冠弹向高处,裁缝被甩到空中。当他安然无恙地落到地面时,巨人说:"这是怎么回事,连拽住这么细的树枝你也不行?"

"不是我没劲,"小裁缝说,"对一抬手打死七个的人来说,这算得了什么!我一跃翻过树去,是因为猎人在朝丛林放枪。有本事,你也跟我一样跳过去。"巨人试了,没能跳过大树,还被树枝挂住,这一回又是小裁缝占了上风。

巨人说:"如果你真是个勇士,就去我们的山洞和我们一起过夜。"小裁缝欣然同意,随他前去。来到山洞,里面还有几个巨人坐在火堆旁,每人手里拿一只烤羊啃着。

小裁缝拿眼睛扫了一下周围,心想:"这儿确实比我的裁缝铺要宽敞得多。"巨人指一张床让他躺下好好睡觉。小裁缝觉得这床太大,没上去睡,而是爬到一个角落里。到了半夜,巨人以为小裁缝睡熟了,爬起来,拿一根大铁棍朝床上猛砸下去,把床砸成两半。他以为这"蝗虫"一命呜呼了。第二天大清早,那些巨人到森林里去,早已把小裁缝忘得一干二净,忽然看见他乐呵呵毫不惧怕地走过来,巨人们大吃一惊,怕他把他们统统杀了,慌忙逃跑。

小裁缝径直朝前走,走了很久,来到一个王宫的大院,感到困倦,躺在草地上睡着了。这时候来了许多人,从各方面对他仔细打量,见他腰带上写着:"一下打

死七个",说道:"啊,和平时期这么个伟大的战争英雄到这里来干什么?一定是个了不起的人物。"他们便去报告国王,说一旦爆发战争,这就是一个很有用的人才,无论如何要把他留下。国王觉得这个主意很好,就派一个大臣到小裁缝那儿,等他睡醒,请他在军中任职。派去的那人一直守在熟睡的小裁缝身边,等他伸了伸懒腰,睁开眼睛,才向他说明来意。"我就是因为这个缘故才到这里来的,"小裁缝回答说,"我愿为国王效力。"于是他受到隆重接待,国王还拨给他一处特殊的住宅。

可是有些武士和他不对付,希望他走得远远的。"怎么办呢?"他们商量,"如果和他争吵起来,他一下能打死七个,咱们谁也受不了。"他们决定一起去见国王,要求辞职。他们说:"和一个一下能打死七个的人在一起,我们无法忍受。"

为了一个人而将失去所有忠心耿耿的臣仆,国王心里很难过,宁愿永远见不到小裁缝,想打发他走;但又不敢辞退他,怕小裁缝把他连同他的臣仆统统打死,自己登上王位。国王绞尽脑汁,终于想出一条计策,便派人去跟小裁缝说,因他是个很了不起的战争英雄,所以想请他办一件事。他王国内的一片森林里有两个巨人,抢劫财物,杀人放火,为害极大。谁靠近他,都有生命危险。如果小裁缝能打败这两个巨人,把他们杀了，国王愿意把他的独生女儿许配给他做妻子，并且给他半个王国作为陪嫁。另外，国王将派一百名骑士为他助阵。

"这对像我这样的男子汉大丈夫来说，来得正好，"小裁缝心里想，"一位美丽的公主和半个王国，这可不是天天都能奉送你的。"便回答说："没问题，我一定能制服两个巨人，用不着那一百名骑士。我一下就打死七个，还怕两个吗？"

小裁缝出发了，一百名骑士随他前往。走到森林边缘，他对随从众人说："你们都留在这里，我一个人就能收拾那两个巨人。"说罢，跃进森林，东张西望。过一会儿，看见两个巨人躺在一棵树下睡觉，鼾声震得树枝乱颤。

小裁缝赶紧捡石头装满两个口袋，爬到树上，骑坐在一根树枝上，恰好在熟睡的巨人的上方，然后让石头一块接一块落在一个巨人的胸脯上。那巨人很长时间毫无知觉，后来终于醒来，推推他的伙伴说："你干吗打我？"另一个说："你在做梦，我没打你。"他们又躺下睡觉。

小裁缝又扔下一块石头打在第二个巨人身上。"怎么回事？"这个巨人喊叫起来，"你怎么用石头砸我？""我没有用石头砸你。"第一个巨人咆哮道。他们吵了一会儿，两人都疲倦了，就又闭上眼睛，不再计较。

小裁缝又故技重演，挑最重的石头用尽全身力气向第一个巨人的胸膛猛砸下去。"太可恶了！"第一个巨人叫喊着，发疯似的跳起来，抓住他的伙伴往树上撞，撞得树都抖动起来。另一个巨人以眼还眼，以牙还牙，两人都怒气冲冲，拔起树木，厮杀开了，最后都倒在地上，一同死掉了。

于是小裁缝从树上跳下来，"多亏他们没有拔我蹲着的那棵树，不然的话，我就得像小松鼠一样跳到另一棵树上去了。我这个人就是溜得快！"他拔剑在两个巨人胸部狠狠砍了几下，走出森林，对众骑士说："工作干完了，两个都被我结果了。这一仗打得很艰苦，他们见势不妙，拔起树来顽抗，但是像我这种一下打死七个的人来了，这一切都没有用了。"

"您就没受伤吗？"众骑士问。

"伤我没那么容易，"小裁缝回答说："他们连我一根汗毛也没伤着。"骑士们不信他的话，策马奔进森林，看见两个巨人都被打死了，四周放着连根拔起的几棵大树。

小裁缝要求国王给予他所许诺的报酬，国王后悔原先的承诺，又想方设法地想要摆脱这位英雄。"你还必须完成一项英雄业绩，"国王对他说，"才能得到我的女儿和半个王国。森林里有一只独角兽，危害极大，你先得把他逮着。"

"两个巨人我都不怕，还怕一只独角兽！一下打死七个！我就有这本事！"他带上一条绳索、一把斧子到森林里去，仍让派来听他调遣的人在外面等候。

没等多久，独角兽就出现了，径直朝小裁缝冲过来，要毫不客气地想用独角把他叉起来。

"慢点！慢点！"小裁缝说，"这么快可不行。"他站住，等那野兽逼近了，才敏捷地跳到大树后面。独角兽使出浑身力气朝树上一头撞去，它的独角牢牢插进树干，拔不出来，动弹不得。

"现在小鸟儿跑不了了。"小裁缝说着，从大树后面转出来，先用绳索捆住独角兽的脖颈，然后用斧子劈开树干，松开兽角，这一切办妥之后，便牵着独角兽去见国王。

国王仍然不肯给予他所许诺的报酬，又提出第三个要求，要小裁缝捉住一只在森林里危害很大的野猪，才同意他们结婚。为此派了一些猎人给他做帮手。

"没问题，"他说，"这是小事一桩！"

他不带猎人们到森林里去，他们都很高兴，因为他们同野猪打过几次交道，对捕猎野猪已经不抱希望。野猪一看见裁缝，嘴里喷着白沫，磨着牙齿，朝他奔去，要把他一头

撞倒。身手敏捷的英雄一跃跳进附近的一座教堂，马上又从上面的窗户跳出来。野猪在他身后紧追不舍。他在外面，等野猪追进教堂，就关上大门。狂暴的野猪又重又笨，没法跳出窗户，被关在里面。小裁缝叫猎人们过来亲眼看一看他的猎物。

英雄去见国王，这时国王心里愿意也罢，不愿意也罢，都不得不遵守诺言，把自己的女儿和半个王国托付给他。要是他知道站在他面前的这个人，不是什么能征惯战的英雄，而是一个小裁缝，他必定会更加痛心。婚礼十分隆重豪华，但是没有多少欢乐气氛。小裁缝当上了国王。

不久，年轻的王后夜里听见丈夫说梦话："徒弟，给我做件短上衣，给我补好裤子，不然我用尺子打你脑壳！"她才知道这年轻人是什么出身。

第二天早晨她向父亲诉苦，请他想办法帮她摆脱这个小裁缝丈夫。国王安慰她说："今晚你别关卧室的门，我的人守在门外，等他睡熟，进去把他绑起来，带到一艘船上，送他去很远的地方。"公主听了很满意。

国王的卫士很佩服这位年轻的英雄，他听到这一切，便向小裁缝报告了整个密谋。"我会防备的。"小裁缝说。晚上，他仍在平常睡觉的时间和妻子一起上床。

公主以为他睡熟了，起来开房门，再次躺下。其实小裁缝只是假装睡着了，这时他开始清楚地大声说："徒弟，给我做件短上衣，给我补好裤子，不然我用尺子打你脑壳！我一下打死七个，杀了两个巨人，活捉过独角兽和野猪，我还怕门外几个人不成？"门外那几个人听了小裁缝这番话，吓得要死，拔腿就跑，好像后面有人要追杀他们似的，谁也不敢再靠近小裁缝一步。小裁缝就这样当了一辈子国王。

# 不来梅的乐师

从前有个人有一头驴,长年累月任劳任怨,一袋又一袋地替主人往磨坊驮粮食,现在力气快耗尽了,干活越来越不顶用,主人就想把它宰了。驴子发觉情况不妙,赶快往不来梅方向逃跑,它认为在那里说不定能当个城市乐师。

走了一会儿,看见路上躺着一条猎狗,气喘吁吁,像是跑得很累。

"喂,你干吗喘得这么厉害,狗兄?"驴子问。

"唉,"猎狗说,"我老了,体力一天不如一天,打猎时也不能奔跑,主人要把我打死,我就跑了出来。可是我怎样才能挣口饭吃呢?"

"你知道吗?"驴子说,"我要去不来梅当城市乐师,一起走吧,你也可以搞搞音乐。我弹奏琉特,你敲鼓。"狗很乐意,它们便一道往前走。

不一会儿,看见一只猫蹲在路旁,一张脸阴沉得像下了三天雨。

"喂，有什么不顺心的事情吗，老猫？"驴问。

"命都快保不住了，谁还乐得起来？"猫回答，"我上了年纪，牙齿钝了，不愿蹿来蹿去追耗子，喜欢蹲在炉灶后面打呼噜，我家女主人就要把我溺死。我虽然逃出来了，可是不知道该上哪儿去才好。"

"和我们一起去不来梅吧，你精通夜曲，可以当城市乐师。"猫觉得这样很好，就和它们一道走。这三个乡村逃亡者经过一户农家院子，看见一只公鸡蹲在门上拼命啼叫。

"你叫得人心里怪难受的，"驴子说，"你要干什么？"

"我预言过会儿会有好天气，"公鸡说，"因为今天是圣母玛利亚的好日子，她为圣婴小基督洗小衬衣，还要把它们晾干；可是明天是星期天，有客人要来，女主人竟忍心对厨娘说，明天要拿我去炖鸡汤喝，今天晚上我就要掉脑袋了，趁现在还能叫，我就拼命叫几嗓子。"

"什么呀，红头，"驴子说，"不如跟我们一起走，我们去不来梅。上哪儿不比死强！你有一副好嗓子，我们一起搞音乐，一定很棒。"

公鸡对这建议很满意，于是它们四个一起继续往前走。

可是，一天是走不到不来梅的。晚上，它们来到一片树林，要在那里过夜。驴和狗躺在一棵大树下，猫和鸡上了树，公鸡又飞到树梢，它觉得那里最安全。临睡前，它向四面八方瞭望，好像看到远远的有一点小火星，就大声向伙伴们说："不太远的地方有灯光亮着，一定是座房子。"驴子说："我们得移到那儿去，这个客栈不好。"

狗说："要是那能有几根有点儿肉的骨头，那就太棒了。"

于是它们动身前往灯光闪亮的地方，不久看到灯火更明亮了，光点越来越大，终于来到一个灯火明亮的——强盗窝。

块头最大的驴子走近窗户，朝屋里张望。"你看到什么了？"公鸡问。

"我看见什么?"驴回答,"看见一张餐桌,摆着美味的食品和饮料,强盗们坐在桌旁尽情享受。"

"我们正需要这些东西。"公鸡说。

"对,对,要是我们坐在那里多好!"驴说。

这四只动物商量着怎么把强盗赶走,终于想出一个主意。

驴子把前腿搭在窗台上,狗跳上驴背,猫爬到狗背上去,最后,公鸡飞上去,站在猫的头上。准备就绪后,暗号一下,它们就一起奏乐了:驴子大吼,猎狗狂吠,猫喵喵叫,公鸡喔喔啼。接着,它们从窗户冲进屋里,窗玻璃丁零当啷乱响。

强盗们听到这一阵骇人的喊叫声,吓得跳了起来,以为鬼魂到了,害怕极了,慌忙奔逃出去,躲进树林。

四个伙伴就在桌旁坐下,狼吞虎咽地吃强盗们吃剩的东西,仿佛它们饿了四星期似的。

四位"吟游诗人"吃饱喝足,吹灭了灯,按照各自的习性找了舒服的地方睡觉。驴躺在粪堆上,狗趴在门后,猫躺在炉灶温暖的炉灰中,鸡蹲在屋梁上,它们走远路都走得很累了,不一会儿全都睡着了。

过了半夜,强盗们从远处看到房屋里面

已经没有灯光，强盗头子说："咱们可别让人给吓住了。"他派一个人回去探查这房子。派去的人觉得四外静悄悄，走进厨房要点灯，他误以为猫的灼热闪烁的眼睛是还没灭的炭火，拿一支硫黄火柴棍凑上前去点火。猫可不喜欢开玩笑，跳到他脸上，又喷唾沫又抓挠。他吓得要死，要从后门逃走，狗躺在那里，跳起来朝他腿上咬了一口，他从院里粪堆旁经过时，驴子用后腿狠狠地踢他。这一阵折腾把公鸡从睡梦中吵醒，它来了精神，从屋梁上朝下面大叫："喔喔！喔喔！"

强盗没命似的跑回去对强盗头子说："啊，一个可怕的女巫坐在屋里，冲我大骂，长长的手指抓破我的脸。门口一个带刀的汉子，一刀刺中我的小腿。院里躺着个黑色的大怪物，用木棒朝我乱打。屋顶上还有个法官大声喊话：'把那无赖给我带上来！'我只好赶快逃回来。"

从此强盗们再也不敢走进这座房子，四个不来梅市的乐师待在里面自由自在，也不想再到外面来。最后一个讲这个故事的人现在还活着。

# 大拇指

从前有一个贫苦的农夫,每天晚上坐在炉灶旁拨火,妻子坐着纺线。他说:"我们没有孩子,真叫人伤心!咱们家里冷冷清清,别人家里那么热闹、快乐。"妻子叹口气回答说:"只要有个孩子,哪怕就像大拇指那么大,我也就心满意足了,我们也会打心眼里疼爱他的。"后来妻子像是有了病,七个月后,生了一个孩子,虽然肢体健全,可是还不及大拇指大。

农夫夫妇说:"这和我们希望的一样,他就是我们亲爱的孩子。"由于他的身材矮小,他们就叫他大拇指。

他们没少给他补营养,可这孩子却长不大,始终和刚生下来的时候一般大小。但他的眼神却是懂事的样子,事实很快证明,这是个聪明伶俐的孩子,他做什么事,都做得不错。

一天，农夫做好准备，要到森林里砍柴。他自言自语："要是有个人随后给我赶辆车去就好了。"

"哦，爸爸，"大拇指大声说，"我会把车送去，放心吧，车会准时到森林里的。"农夫笑了，说："你怎么行呢，你个子太小，抓不住缰绳，赶不了马车。"

"没关系，爸爸，只要母亲把马套上，我坐在马耳朵眼里冲它喊，指挥它怎么走。"

"好吧，"父亲回答说，"我们就试一试吧。"

时候到了，母亲套好马车，提起大拇指，把他放在马耳朵眼里，小家伙大声吆喝牲口："吁——驾、驾！"马走得很好，跟老车把式驾车没什么两样。马车沿大路向森林走去，拐弯时，小家伙喊："驾、驾！"正巧两个陌生人迎面走来。一个说："天啊，这是怎么回事？马车在走，车夫在吆喝马，可是看不见人影。"另一个说："这事情蹊跷，我们尾随这辆马车，看它停在哪里。"只见马车径直驶进森林里，正好停在砍伐木头的地方。大拇指见了父亲，向他喊道："爸爸，你看，我带车来了，帮我下来吧。"父亲左手挽马，右手从马耳朵里把儿子拿下来，大拇指快活地在一根麦秆上坐下。

两个陌生人看见大拇指，惊奇得不知说什么好。一个把另一个拉到一边，说："听我说，把小家伙带到大城市展览，准能发财，我们把他买下来！"

他们走到农夫跟前，对他说："把这个小人卖给我们吧，和我们在一起亏待不了他。"父亲回答说："不，不行，他是我的心肝宝贝，拿世上所有的黄金来买他，我也不卖。"大拇指听见他们谈生意，从他父亲的衣服褶儿爬上他的肩膀，悄悄对他说："爸爸，把我卖出去吧，我会再回来的。"于是父亲把他交给那两人，得到一大笔钱。"你要坐在哪儿？"他们问他。"把我放在你们的帽檐上好了，我可以从那里来回踱步，观赏景色，不会掉下来的。"他们照他的意思办。大拇指和他父亲告别后，他们就带他走了。

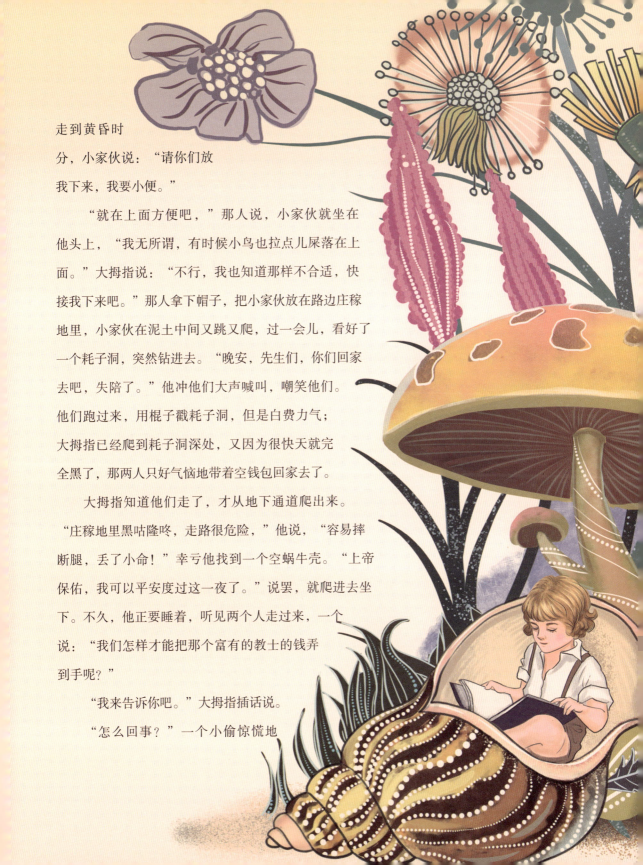

走到黄昏时分，小家伙说："请你们放我下来，我要小便。"

"就在上面方便吧，"那人说，小家伙就坐在他头上，"我无所谓，有时候小鸟也拉点儿屎落在上面。"大拇指说："不行，我也知道那样不合适，快接我下来吧。"那人拿下帽子，把小家伙放在路边庄稼地里，小家伙在泥土中间又跳又爬，过一会儿，看好了一个耗子洞，突然钻进去。"晚安，先生们，你们回家去吧，失陪了。"他冲他们大声喊叫，嘲笑他们。他们跑过来，用棍子戳耗子洞，但是白费力气；大拇指已经爬到耗子洞深处，又因为很快天就完全黑了，那两人只好气恼地带着空钱包回家去了。

大拇指知道他们走了，才从地下通道爬出来。"庄稼地里黑咕隆咚，走路很危险，"他说，"容易摔断腿，丢了小命！"幸亏他找到一个空蜗牛壳。"上帝保佑，我可以平安度过这一夜了。"说罢，就爬进去坐下。不久，他正要睡着，听见两个人走过来，一个说："我们怎样才能把那个富有的教士的钱弄到手呢？"

"我来告诉你吧。"大拇指插话说。

"怎么回事？"一个小偷惊慌地

说，"我听见有人说话。"他们站住屏息静听，大拇指又说："带上我，我就帮你们。"

"你究竟在哪里？"

"就在地里找吧，注意发出声音的地方。"小偷终于找到他，把他提起来，说："你这小家伙，你要帮我们什么！"大拇指答道："我穿过栅栏爬到教士的房间，把你们要的东西递给你们。"

"好极了，"小偷说，"我们倒要看看你的本事。"他们来到教士的家，大拇指爬进房间，随即拼命大声喊叫："这儿的东西你们都要吗？"小偷吓坏了，说："说话轻点儿声，别把人吵醒。"但大拇指仍装作没听明白，又大声喊开了："你们要什么？是不是这里的东西什么都要？"在隔壁房间睡觉的女仆听见喊声，从床上坐起来仔细听。两个小偷吓得往回跑了一小段路，后来又壮起胆子，以为这小家伙在和他们开玩笑，又跑过来，压低声音对他说："现在动手吧，递点东西出来。"大拇指又拼命喊叫："我要把所有东西都递给你们，把手伸进来吧。"正在仔细听的女仆听得十分真切，跳下床来，跟跟跄跄冲到门旁。两个小偷发足狂奔，仿佛身后有发疯的猎人追捕他们似的。女仆什么也看不见，就去点灯。她拿灯回来的时候，大拇指神不知鬼不觉地溜进谷仓。女仆把犄角旮旯全部搜查一遍，什么也没发现，就又上床躺下，以为自己只不过睁大眼睛竖起耳朵做了个梦。

大拇指爬到稻草堆里，找了个好地方睡觉。他想在那里休息到天亮，再回家找他父母。但他注定还要经历一些事情！是啊，世上痛苦和磨难多着呢！天刚蒙蒙亮，女仆已经起床，要喂牲畜。她做的第一件事情是到谷仓里抱出一满抱稻草，碰巧可怜的大拇指就睡在她抱走的稻草里面。他睡得很香，什么也不知道，一直到母牛把他连同干草一起卷进嘴里，他才醒来。

"哎呀，天啊，"他喊道，"我怎么掉进碾磨机里了！"他很快就发现自己在什么地方了。他很小心,不让自己落到牙齿之间被磨成碎末,但终究还是随稻草一起滑到牛胃里去了。

"这间小屋忘了开窗户,"他说,"没有阳光照进来,也没有灯。"他很讨厌这个住所,最要命的是,新的草料源源不断地从门里进来,地方变得越来越小。后来他吓得拼命喊叫:"别再给我添新草料了!别再给我草料了!"

女仆正在挤牛奶,只听见喊叫声,看不见人,认得是她夜里听见的那声音,吓得她从椅子上掉下来,把牛奶洒了一地。她急忙去找主人,大声叫道:"天啊,教士先生,母牛说话了!"

"你疯了。"教士嘴里说着,立即亲自去牛栏查看究竟是怎么回事。一只脚刚踏进去,就听见大拇指又在喊:"别再给我添新草料了!别再给我草料了!"教士自己也很害怕,以为是凶神恶煞附在母牛身上,就叫人把它宰了。杀了母牛,大拇指赖以存身的牛胃给扔进了垃圾堆。大拇指费尽力气往外挤,终于开出一条路,刚要探出头,又来了灾星。一只饿狼跑过来,一口把牛胃整个儿吞进肚里。大拇指不气馁,他想,也许可以跟狼谈谈,就在狼肚子里大声对狼说:"亲爱的狼,我知道哪儿有你喜欢吃的好东西。"

"哪儿有?"狼说。

"在某处的一座房子里,你得从阴沟爬进去,就能找到糕点、猪油和腊肠,想吃多少有多少。"大拇指给狼详细描述他父亲的房子。狼不等他再说第二遍,连夜挤进阴沟,在储藏室吃得非常痛快。吃饱了,要再出来,可是肚子胀得鼓鼓的,从原路挤不出去。大拇指早就料到这一点,就在狼的肚子里大吵大闹,拼命喊叫。"安静点,"狼说,"你会把大家都吵醒的。"小家伙回答说:"唉,这是什么话!你吃饱了,我也要玩个痛快。"他又使出全部力气叫喊,他的父母终于醒了,跑去储藏室,从门缝里张望,看见里面有一只狼,回头就跑。父亲拿了斧子,母亲拿一把镰刀。"你守在后面,"走进储藏室时,父亲说,"我砍它一斧,如果没把它杀死,你就用镰刀砍它,劈开它的肚子。"大拇指听见父亲的声音,大声喊道:"亲爱的爸爸,我在这儿,在狼的肚子里。"父亲非常高兴地说:"上帝保佑,我们亲爱的孩子回来了。"他叫妻子扔掉镰刀,以免误伤大拇指。然后抡起斧子,猛击狼的头部,狼被打死,倒在地上。他们找来刀、剪,剖开狼的肚子,把小家伙拉出来。父亲说:"我们多为你担心啊!"

"是的,爸爸,我在外头走了许多地方,谢天谢地,我又能呼吸新鲜空气了!"

"你都去过哪些地方?"

"爸爸,我在一个耗子洞里待过,还到过母牛的胃里和狼的肚子里,现在和你们在一起。"

"我们再也不把你卖给人家了,拿世上的全部财富来也不卖。"父亲说着,亲热地拥抱、亲吻他们的爱子大拇指。他们给他吃,给他喝,给他定做新衣服,因为他原来的衣服已经在长途跋涉中破得不像样子了。

# 猫和老鼠交朋友

一只猫结识了一只老鼠,它向老鼠大谈特谈它对老鼠怀着多么伟大的爱和友情,说得老鼠终于同意和它一起住在一幢房子里,一起过日子。"咱们得准备过冬的食物,不然要挨饿的。"猫说,"小耗子呀,你可不能到处乱跑,不然会给老鼠夹夹住的。"这主意很好,就被老鼠采纳了。它们买了一罐猪油,可是不知道该放在哪里才好。经过长时间思考,猫终于说:"我不知道还有什么地方比教堂更合适存放东西,没有人敢拿走那里的东西。我们就把它放在祭坛下面吧,不到需要用它时不去碰它。"于是小罐子被放在了安全的地方。可是过不多久,猫很想吃它,便对老鼠说:"我要跟你说件事,小耗子,我表姐生了一个小儿子,白色皮毛带些褐斑,它请我做教父,要我抱孩子受洗礼。今天让我出去吧,你自己照料这个家。"

"好的,好的,"老鼠回答,"你去吧,上帝保佑你。有什么好吃的,想着我点儿。有产妇喝的甜丝丝的红葡萄酒，我也很想喝一点。"猫说的都是谎话，它没有表姐，也没人请它做教父。它直奔教堂，悄悄溜到油罐那儿舔油，舔掉了上面一层皮。然后在城市的屋顶上散步，看看有没有什么机会，随即躺下晒太阳。一想到那罐猪油，就舔舔胡须，直到晚上才回家。"啊，你回来了，"老鼠说，"今天一定过得很愉快吧？"

"不错。"猫回答说。

"给孩子取了个什么名字？"老鼠问。

"掉层皮儿。"猫干巴巴地说。

"掉层皮儿，"老鼠叫了起来，"真是个古怪的名字。你们家族都叫这样的名字吗？"

"大惊小怪，"猫说，"你的教父们叫'偷面包渣的'，还不如这个。"

过了不久，猫又馋了。它跟老鼠说："你还得帮我个忙，再独自看一回家。表姐又请我去当教父，这孩子脖子上有一道白圈，所以我不便推辞。"善良的老鼠同意了，猫仍溜到城墙后面的教堂，把油罐里的油吃掉一半。"吃什么东西，"它说，"总还是吃到自己嘴里的香。"它对那一天的活动很满意。回到家里，老鼠问："这个孩子的教名是什么？"

"剩一半。"猫回答。

"剩一半！你说什么？！我一辈子从来没听过叫这名字的，我敢打赌，历史书上准没有这名字。"

不久，猫对那美味食品又馋得流口水了。"好事成三，"它对老鼠说，"又要我当教父了。这次，孩子一身黑毛，只有爪子是白色的，此外浑身没有一根白毛，这种可是好几年才有一次。你同意我去了，对不？"

"掉层皮！剩一半！"老鼠回答说，"这么稀奇古怪的名字，我真得好好想想。"

"你坐在家里，穿着深灰色粗绒布衣服，拖着一条长长的发辫，"猫说，"心情忧郁，都是因为成天在家里闷着才这样。"猫不在家的时候，老鼠打扫房间，把家里收拾得整整齐齐，那馋猫却把一罐油偷吃得干干净净。"一切都吃光了，心里才安定。"它自言自语，吃得又饱又胖，到夜里才回家。老鼠马上问第三个孩子叫什么名字。"这个名字也不会让你喜欢的，"猫说，"它叫全扫光。"

"全扫光！"老鼠大叫起来，"这是个最最可疑的名字，我从来没见过书上有这名字。全扫光！这是什么意思？"它摇摇脑袋，蜷缩起身体，躺下睡觉。

从此以后，猫不再提起有谁还请他去做教父。冬天到了，外面再也找不到什么吃的东西，老鼠想起他们贮存的食物，说："来，猫，去拿咱们贮藏的那罐猪油，那东西吃起来味道一定不错。"

"对，"猫回答说，"也许你会觉得那滋味不错，就像你把你那细嫩的舌头伸到窗户外面一样。"它们便去教堂，到了那儿，油罐虽然还在老地方，但是罐已经空了。

"啊，"老鼠说，"现在我可知道是怎么回事了，现在我明白了，你去做教父的时候，把东西吃光了：先吃掉一层皮，接着吃得剩下一半，然后……"

"还不闭嘴！"猫大声喊叫，"再说一个字，我就吃了你！"

"全扫光！"老鼠话刚一出口，猫纵身一跃，向它扑去，抓住它，一口把它吞了下去。你看，世界上的事情就是这样。

# 一只眼、两只眼和三只眼

有一个女人有三个女儿,大女儿叫一只眼,因为她只有一只眼睛,长在额头正中,二女儿叫两只眼,因为她跟普通人一样长着两只眼睛,小女儿叫三只眼,因为她有三只眼睛,她的第三只眼睛同样长在额头正中。可是,两只眼的姐妹和母亲都讨厌她,就因为她的外貌和别人没什么两样。她们对她说:"你长着两只眼,并不比普通人好,你不是我们的人。"她们对她推推搡搡,只让她穿破旧衣服,吃她们吃剩的东西,不放过任何机会刺伤她的心。

一天,两只眼得去田野上放羊,可是她的两个姐妹只给她一点吃的东西,所以她的肚子还很饿。她坐在田埂上哭起来,哭得很厉害,泪水像两条小溪从眼里流下来。她哭得正伤心的时候,抬头一看,身边站着一位夫人,问她:"两只眼,你为什么哭泣啊?"两只眼回答说:"我能不哭吗?就因为我跟别人一样有两只眼睛,我的母亲和两个姐妹都不喜欢我,把我从一个墙角推到另一个墙角,扔些破旧衣服给我穿,给我吃的都是她们吃剩的。今天她们才给我一丁点儿吃的,我肚子还饿得厉害呢。"智慧夫人说:"两只眼,快擦干眼泪,我要教你个法子,让你不再挨饿。你只要对山羊说:

小山羊,咩咩叫,<br>小餐桌,快铺好。

你的面前就会出现一张铺好台布的小餐桌,上面摆着最可口的食物,你高兴吃多少,就可以吃多少。吃饱了,用不着小餐桌了,只要说:

小山羊,咩咩叫,<br>小餐桌,快撤掉。

它就会从你的眼前消失。"说完,智慧夫人就走了。两只眼心里想:"我得马上试一试她说的是不是真的,我正饿得厉害呢。"于是她说:

小山羊,咩咩叫,<br>小餐桌,快铺好。

话刚落音,面前已经有了一张小餐桌,铺着白色台布,桌上放着一个盘子、餐刀、叉、小银勺,周围摆着美味菜肴,热气腾腾,像刚从厨房端来似的。两只眼念了她所会的最简短的祷告词:"主啊,欢迎你随时来做客,阿门。"便津津有味地吃起来。吃饱了,她照智慧夫人所教的话说:

小山羊，咩咩叫，
小餐桌，快撤掉。

小餐桌和桌上的东西立即消失得无影无踪。"这样料理家务倒挺美的。"两只眼想，她感到非常快乐。

晚上她牵着羊回家，看见姐妹们放在一只粗碗里要给她吃的饭菜，但她压根儿就不去碰它。第二天她又带山羊出去，没带走她们给她的面包。头两回母亲和两个姐妹根本没在意，可是每次都是如此，她们警觉起来，说："两只眼不正常，以前给她什么，她都吃得一点儿不剩，现在给她的饭菜她都不吃。她一定是另外有路子。"为了探明真相，母亲让一只眼也和两只眼一起去田野放羊，要她注意两只眼究竟在那里干什么，是不是有谁给她送吃的喝的。

两只眼正要出门，一只眼走到她跟前说："我要跟你一起去野外，看羊儿是不是照料好了，草吃够了没有。"但是，两只眼看透了一只眼的心思，她把羊儿赶进深草里去，说："来，一只眼，我们坐下，我唱支歌给你听。"一只眼坐了下来，她走不惯路，太阳又毒，感觉很困倦，两只眼总是唱：

一只眼，你醒了？
一只眼，你睡了？

一只眼闭上她那独眼睡着了。两只眼看一只眼睡得很死，什么也看不见了，就说：

小山羊，咩咩叫，
小餐桌，快铺好。

她坐到小桌旁，吃饱喝足了，又大声说：

小山羊，咩咩叫，

小餐桌，快撤掉。

一刹那间，所有东西又都不见了。两只眼叫醒一只眼，说："一只眼，你要放羊，放羊时却睡着了，你睡着时羊儿会跑得很远的。我们现在回家去吧。"

于是她们回家。两只眼又是一点儿没碰她那只粗碗，一只眼对母亲说不出为什么两只眼不吃饭，她辩解说："我在外面睡着了。"

第二天，母亲对三只眼说："这次你跟她一起去，注意看两只眼是不是在外面吃什么东西，是不是有什么人给她送吃的喝的。她准定在暗地里又吃又喝。"

三只眼就来找两只眼说："我跟你一起去野外，看羊儿是不是照料好了，草吃够了没有。"但是，两只眼看透了三只眼的心思，她把羊儿赶进深草里去，说："我们坐会儿，三只眼，我唱支歌给你听。"三只眼坐了下来，她走不惯路，太阳又毒，她累了。两只眼又唱起上次那支歌：

三只眼，你醒了？

本来她应该接着唱：

三只眼，你睡了？

可是因为心不在焉，却唱成了：

两只眼,你睡了?

她自己还不知道,翻来覆去地唱:

三只眼,你醒了?
两只眼,你睡了?

三只眼的两只眼睛闭上,睡着了,可是第三只眼还醒着,因为那两句咒语把它给漏掉了。虽然三只眼让她的第三只眼也闭上装睡,但这只是个诡计。其实她不时眨巴那第三只眼睛,什么都看得一清二楚。两只眼以为三只眼睡熟了,便念她的咒语:

小山羊,咩咩叫,
小餐桌,快铺好。

接着痛痛快快地吃了一顿,吃完了又让小餐桌撤走:

小山羊,咩咩叫,
小餐桌,快撤掉。

这一切三只眼都看在眼里。两只眼走到她跟前,叫醒她,说:"唉,三只眼,你睡着了?你很会放羊呀!走吧,我们回家。"回到家里,两只眼又不吃饭,三只眼对母亲说:"现在我可知道这骄傲的丫头为什么不吃东西了!她在野外一对这山羊说:

小山羊,咩咩叫,

> 小餐桌，快铺好。

一张小餐桌就出现在她的面前，上面摆满了最好吃的东西，比我们吃的好多了。她吃饱了，就说：

> 小山羊，咩咩叫，
> 小餐桌，快撤掉。

一切又都不见了，我什么都看得清清楚楚。她念一小段咒语让我的两只眼睛睡着了，多亏我额头上这只眼睛始终醒着。"

那嫉妒的母亲听了，大声喊道："你要过得比我们好？我叫你快活不成！"抄起一把屠刀，一刀刺进小山羊的心脏，羊儿倒下死了。

两只眼见了，非常悲伤，跑到外面，坐在田埂上哭，流了许多伤心的眼泪。忽然，智慧夫人又站在她的身旁，问她："两只眼，你为什么哭泣？"

"我怎么能不哭！"两只眼回答说，"我念一下您教我的小咒语，小山羊就天天给我送来一桌子好吃的东西，现在小山羊被我母亲杀死，我又得挨饿受苦了。"

智慧夫人说："两只眼，我给你出个好主意：你去请求你的姐妹，把被杀了的山羊内脏给你，你把它埋在门前的地里，这样，你就一定会得到幸福。"说完，智慧夫人不见了。

两只眼回家对她的两个姐妹说："亲爱的姐姐、妹妹，把我的羊给我一些吧，我不要好肉，给我内脏就行。"她们大笑，说："如果你别的什么都不要，就拿去吧！"两只眼拿了内脏，按照智慧夫人的指点，晚上悄悄在门前刨个坑把它埋了。

第二天早晨全家人醒来，出门就看见门前有一棵神奇美丽的树，银树叶中挂着一树金苹果，世界上恐怕再没有什么东西比这更美丽、更珍贵了。谁都不知道一夜之间怎么会长出这棵树，只有两只眼心里明白这树是山羊的膀脏长出来的，因为树正好长在她埋山羊内脏的地方。

母亲对一只眼说："孩子，爬上去给我们摘些苹果。"一只眼爬上去，伸手去抓苹果，无论她怎么努力，用什么办法，总是抓不住树枝，摘不下一颗苹果。

母亲说："三只眼，你上去，你三只眼比一只眼看得更清楚些。"

一只眼溜下来，三只眼爬上去。但三只眼比一只眼也灵巧不了多少，无论她怎么抓，金苹果总是从她手里滑走。后来母亲很不耐烦，自己爬上去，可是她也像一只眼和三只眼一样拿不住金苹果，总是抓个空。

两只眼说："我上去试试，也许能行。"

她的两个姐妹齐声喊叫："你长着两只眼，你想干什么？"

两只眼还是爬上去，金苹果不躲她，反而自己凑到她手上来，她一个接一个地摘了满满一围裙才下来。母亲把金苹果统统拿走，她和一只眼、三只眼并不因为只有两只眼才摘得了金苹果，就待这可怜的孩子好一点儿，反而嫉妒她，待她更刻薄。

有一天，她们站在树旁，来了一个青年骑士。"两只眼，快趴下，"两姐妹叫喊起来，"别给我们出丑。"她们急忙提起放在苹果树旁的一只空桶，扣在两只眼头上，把她摘下来的苹果也扒到里面。骑士走近了，原来是个美男子，他停下来欣赏长着银叶金果的豪华树，对姐妹俩说："这棵美丽的树是谁的？谁能折下一根树枝送给我，谁就可以提出任何要求。"

一只眼和三只眼回答说，树是她们的，她们很乐意给他折一根树枝。可是她们费了很大力气，总是折不下来，树枝和果实每次都从她们跟前躲开。

骑士说："这就怪了，树是你们的，你们却什么也拿不到手。"

　　她们仍坚持说树是她们的。一只眼和三只眼不说实话，两只眼很生气，在她们撒谎骗人的时候，桶下面的两只眼滚了几只苹果出来，一直滚到骑士脚下。骑士一见苹果，十分惊讶，问那是哪里来的。一只眼和三只眼说她们还有一个姐妹，因为只有两只眼，和普通人一样，所以不能让她见人。骑士却要求见一见她，大声说："两只眼，请你出来吧。"

　　两只眼放心地从桶下面出来，骑士见她长得那么美丽，很是惊奇，他说："两只眼，你一定能从树上给我折一根树枝吧。"两只眼答道:"是的,我一定能做到,因为这棵树是我的。"说着,她爬上去,没费多大力气就折断一根有精致的银树叶和金苹果的树枝,递给骑士。骑士说:"两只眼,我该给你什么好呢?"

"啊,"两只眼说,"我从早到晚又饿又渴,受苦受罪!如果您肯解救我,把我带走,我就很幸福了。"于是骑士把两只眼扶上他的坐骑,带她到他父亲的宫殿,给她称心如意的美丽衣裳和上好的饮食。他非常喜爱她,便让牧师为他和她祝福,欢欢喜喜地举行了婚礼。

英俊的骑士带走了两只眼,两姐妹十分羡慕她获得幸福。她们心里想:"这棵神奇的树还在我们这儿,虽然我们摘不到树上的苹果,但是人人都会在它面前停下脚步,都会到我们这儿来赞美它,说不定什么时候我们会有好运气的!"

可是,翌日早晨,那棵树不见了。她们的希望破灭了。

两只眼从她的居室往外眺望,看见那树就在她的住所前面,她喜出望外——树也跟着她来了。两只眼过着幸福愉快的生活。

很久以后,有一天,两个贫苦妇人来到王宫前请求施舍。两只眼仔细端详她们的脸,认出原来是她的姐妹一只眼和三只眼,她们贫困潦倒,只得到处流浪,在人家门前讨口饭吃。

两只眼欢迎她们,善待她们,养活她们。一只眼和三只眼为自己年轻时对自己的姐妹做过不少坏事由衷地感到悔恨。

# 学害怕的人

有一个父亲有两个儿子,大儿子聪明伶俐,什么事情都办得很得体,小儿子却傻乎乎的,什么也不懂,什么也不学,人们见了他都说:"他父亲还得为他操不少心呢!"有什么事,总是要老大去干。但是,如果天色已晚或是深更半夜父亲还叫他出去取点东西,又要经过教堂墓地或者一处阴森可怕的地方,老大总是说:"啊,不,爸爸,我不去那儿,我害怕!"他确实是害怕。

有时,晚间坐在火炉旁边讲故事,讲到令人毛骨悚然的地方,听的人往往说:"啊,我害怕!"小儿子坐在一个角落里,听人这么说,却不明白这话是什么意思。"他们总说'我害怕!我害怕!'可我不害怕,这准定又是一种我完全不懂的本领。"

有一次,父亲对他说:"待在角落里的人,你听着,你长大了,身强力壮,也该学点儿东西,好自己挣口饭吃。你看,你哥哥多勤快,怎么说你都没用。"

"唉，爸爸，"他回答说，"我很想学点东西。对，要是行的话，我想学学害怕，我还一点儿都不会害怕呢。"哥哥听了笑起来，心想："上帝啊，弟弟真是个傻瓜，这辈子不会有什么出息了。他要是块材料，早该能看出点儿苗头来了。"父亲叹了口气，回答他说："想学害怕，就去学吧，但靠它是吃不上饭的。"

不久以后，教堂的执事来看望他们家。父亲向他诉苦，讲他的小儿子简直不可救药，什么都不懂，什么都不学。"您想，我问他将来想靠什么谋生，他竟然要求去学害怕。"

"如果想学害怕的话，"执事说，"他可以跟我学。叫他去我那儿好了，我会好好调教他的。"父亲感到满意，他想："对这孩子是该严点儿。"于是执事带他回去，叫他敲钟。

过了几天，执事半夜把他叫醒，叫他起床，去教堂塔楼上敲钟。"你就要学到什么是害怕了。"他心里想，先悄悄走了。年轻人爬上钟楼，刚要转过身去抓钟绳，忽然一个白色人影站在传声孔对面的楼梯上。"谁在那儿？"他大喝一声，那人影不答话，也不动一下。"快说！"年轻人又喊一声，"不说就滚蛋，半夜三更这里没你的事儿。"执事想让年轻人以为他是鬼魂，依旧纹丝不动地站在那儿。年轻人又大声喊："你在这里干什么？你要是正派人，就快说，不然我就把你扔到楼下！"执事心想："不至于这么严厉吧。"仍然一声不吭，就像是一块石头立在那里。年轻人第三次冲他喊话，还是不起作用，就冲上前去猛推，推得他滚下十级楼梯，倒在墙角动弹不得。

然后年轻人去敲钟，回到家里，什么话也没说就上床睡觉了。执事的妻子等她的丈夫，老等不来，到后来心里害怕，就去叫醒年轻人，问他："我丈夫在哪儿，你知道吗？他比你先上的钟楼。"

"不知道，"年轻人回答，"不过，有个人站在传声孔对面的楼梯上，不答话，也不走开，我以为他是个贼，把他推下去了。您去看一下，就会知道是不是他。要是他，我就太抱歉了。"执事的妻子赶紧跑去，发现丈夫躺在墙角痛苦呻吟，一条腿断了。

她把执事背走，大喊大叫着跑去找年轻人的父亲。"您的儿子闯大祸了，"她大声说，"他把我丈夫推下楼梯，害得他摔断了一条腿。这个没用的东西，您还不把他赶走！"父亲大吃一惊，匆匆赶来大骂儿子："你搞的什么恶作剧啊，一定是恶鬼附在你身上了。"

"爸爸，"年轻人回答说，"你听我说，我完全没错：黑夜里他站在那里就像一个要干坏事的家伙。我不知道他是谁，警告他三次，要他说话，要不就走开，他都不理。"

"哎呀，"父亲说，"你净给我添麻烦，走吧，走得远远的，我不想再看见你。"

"是，爸爸，我很愿意走，天亮我就走，我要去学学害怕，那样我也就会一种能养活自己的本领了。"

"你想学什么就学什么，"父亲说，"对我都一样。给你五十个银币路上用，你去遥远的地方，对任何人都不要说你是哪里人，谁是你父亲，因为我实在为你感到羞愧。"

"是，爸爸，一定照您的意思办。如果您没有别的要求，我会牢牢记住的。"

天刚亮，年轻人把五十个银币塞进口袋，出了门，走上大路，不住自言自语："我要会害怕就好了！我要会害怕就好了！"这时来了一个人，听到了年轻人的自言自语，他们一起走了一段路程，走到望得见绞架的地方，那人对年轻人说："你看，那儿有一棵树，七个人在那儿和绳匠的女儿举行完婚礼，现在在学飞呢。你坐在下面等着，黑夜一来，你就学会害怕了。"

"如果不用再做什么，"年轻人说，"这好办。要是我这么快就能学会害怕，我的五十个银币就归你了。明天早晨你再来这儿找我吧。"说完，年轻人向绞架走去，坐在绞架下面等着,直至夜晚到来。他觉得很冷,就生了一堆火。午夜寒风刺骨,尽管有火堆,他还是觉得不暖和。风刮得被吊死的人来回摆动,互相碰撞,他想:"我在下面守着火堆还觉得冷,上面那些人就更受罪了。"他很有同情心,于是搭梯子爬上绞架,挨个解开绞索,把七个人都放下来,又拨火,吹旺火堆,把他们抱来围着火堆取暖。他们坐着一动不动,火烧着了他们的衣服。他说:"当心点儿,不然我把你们再挂上去。"死人听不见,也不吭一声,照旧让他们的破烂衣服烧下去。他恼火了,说:"你们要是不当心点儿,我没法帮助你们,我可不愿和你们一起烧死。"说着,又挨个把他们吊上绞架,然后他坐在火堆旁睡着了。第二天早晨,那人来找他要五十个银币,说:"现在你知道害怕是怎么回事了吧?"

"不,"他回答,"我从哪儿知道呢?上边那几个家伙根本就没开过口,又笨得很,身上穿的几件旧衣服都被火烧了。"那人觉得今天那五十个银币是拿不到手了,边走边说:"这样的人我还从来没见过。"

年轻人也继续走他的路,又开始喃喃自语:"啊,我要会害怕就好了!啊,我要会害怕就好了!"他后面来了一辆马车,车夫听了,问他:"你是谁?"

"我不知道。"年轻人回答。

车夫又问:"你是从哪儿来的?"

"我不知道。"

"谁是你的父亲?"

"我不能告诉你。"

"你嘴里老是在念叨什么呀?"

"唉,"年轻人回答说,"我要学害怕,可是没人能教我。"

"别胡说,"车夫说,"跟我走吧,看看能不能安排你住下。"年轻人随车夫一道走,晚上到了一个旅店,要在那里过夜。走进住房时他又大声说:"我要会害怕就好了!我要会害怕就好了!"旅店老板听了,笑出声来,说:"你真想学这个?这儿倒真有个机会。"

"啊,别出声,"老板娘说,"那么多人因为爱管闲事都送了命,年轻人这双眼睛这么漂亮,要是死了,多让人伤心!"但是年轻人说:"再难我也要去学,我就是为了学这本领才离开家的。"他一直缠着老板,直至老板对他说,离此不远有一座王宫,中了魔法,谁在宫中待上三夜,准能学会害怕。国王说过,谁敢这么做,就把女儿嫁给他,这位公主可是天下最最美丽的少女。并且宫中还藏着大批珍宝,拿到这些凶神守护的珍宝,足可使一个穷人变成巨富。已经有许多人进入这座王宫,可是没有一个人再从里面走出来。于是年轻人第二天去见国王,说:"如果允许的话,我要在中了魔法的王宫中守三夜。"国王凝视他,心里很喜欢这个年轻人,就说:"你可以带三件无生命的东西进宫。"他回答说:"我请求带着火、一台车床、一个带刀的刨工台。"

国王派人在白天把这些东西运进宫。将近黑夜,年轻人走进王宫,在一间房子里生了一堆明晃晃的火,把带刀的刨工台放在火堆旁,自己坐在车床上。"啊,我要会害怕就好了!"他说,"可是在这里也学不到害怕。"午夜时分,他想把火堆拨旺,刚一吹火,一个角落里突然喊起来:"噢,喵!太冷了!"

"你们这些傻瓜,"他大声说道,"叫喊

什么？冷，就过来烤火暖和暖和。"话音刚落，就有两只黑猫纵身一跃，跳过来在他左右两边坐下，火红的眼睛恶狠狠地盯着他。过一会儿，它们暖和过来了，说："伙计，玩会儿牌，怎么样？"

"干吗不呢？"他回答说，"不过，让我看看你们的爪子。"它们伸出爪子。"唉，"他说，"多长的指甲！等等，我先给你们剪一剪。"说着，他抓住它们的脖子，提到刨工台上，把它们的爪子夹紧了。"看了你们的爪子我就不想玩牌了。"他把它们打死，扔到外面池塘里去了。

打发掉两只猫，刚要在火堆旁坐下，从各个角落里钻出许多黑猫、黑狗来，拴着火红的链子。黑猫黑狗越来越多，使他几乎没有立足之地，它们狂吠怪叫，向他逼近，要把火堆踹散，把火弄灭。他冷静地观察片刻，它们闹得太凶了，于是他抓起刀来，大声喊道："滚开，你们这伙畜生！"举刀向它们砍去。一部分黑猫、黑狗逃走了，一部分被他打死，扔到外面的池塘里。

他又回到房间，重新吹旺火，坐下取暖。这时他困得眼睛都快睁不开了，很想睡觉，他朝周围张望，看见墙角有一张床。"正好给我用，"他说着就躺倒在床上。他正要合眼，床自己动起来了，在宫中到处跑。"挺好，"他说，"再加把劲！"床向前滚动，就像有六匹马拉着似的，越过一个又一个门槛，滚下又爬上一级级台阶，忽然砰的一声轰然巨响，床翻了个底朝天，就像一座大山把他压在下面。但他把被子、枕头扔得高高的，自己从床下爬出来，说："现在谁想坐这车就坐去吧。"说着就在火堆旁边躺下，一觉睡到天亮。

早晨国王来了，看见他躺在地上，以为鬼怪把他杀了，就说："这么英俊的年轻人被杀了，真可惜！"年轻人听了，站起来说："我还没死呢！"国王很惊奇，也很高兴，问他情况怎样。"很好，"他回答，"一夜过去了，另外两夜也会过去的。"他回到旅店，旅店老板见了他，眼睛瞪得很大，说："真没想到还能见到你活着，学会害怕了吗？"

"没学会，"他说，"一切都是徒劳，我要是会害怕就好了！"

第二天夜里他又去旧王宫，坐在火堆旁，念叨他那老一套："我要会害怕就好了！"到了午夜，他听到一阵喧闹声，声音越来越大，后来稍微安静一点儿，终于伴随着一声狂叫从烟囱里掉下半个人来，落在他跟前。"啊哈！"他大声说，"太少了，再来半个。"随着嚎叫声，另外半个人也掉下来了。"等一等，"他说，喧闹声又响起来，"我先把火给你弄旺点儿。"火烧得更旺了，他回头张望，只见那两个半截的人已合成了一个讨厌鬼占了他的位置。"我们没赌这个，"年轻人说，"椅子是我的。"那个人要挤走年轻人，年轻人不干，使劲把他推开，又坐在自己原来的位置。这时一个接一个地掉下好几个男人，拿起九条死人大腿竖立在地上，又拿了两个死人脑袋，玩起九柱戏来。年轻人也兴致勃勃地问："我也跟你们玩，行吗？"

"可以，你有钱就行。"

"钱有的是，"他回答，"可是你们的球不太圆。"说着就拿起死人脑袋，把它们放在车床上车圆了。"好了，现在好用多了，"他说，"哈哈！真好玩！"他跟他们一起玩，输了一点儿钱。到了夜里十二点，那些人全都从他眼前消失了。他躺在地上安安静静地睡着了。到了早晨，国王来探听消息。"这一夜过得怎么样？"他问。

"我和他们玩九柱戏，"他回答说，"输了几个小银币。"

"你就不害怕吗？"

"唉，怕什么呀，"他回答说，"玩得可带劲儿了。我要是知道什么是害怕就好了！"

第三天晚上他又坐在他的椅子上，心烦地说："我要是会害怕就好了！"夜深时，来了六个高大的男人，抬进来一口棺材。年轻人说："喂，喂，这一定是我的表弟，他是

几天前才死的。"他用手指招呼他们,大声说:"到这儿来,表弟,来!"他们把棺材放在地上,他走过去,揭开棺盖,里面躺着一个死人。他摸了一下他的面部,冷冰冰的。"等一等,"他说,"我给你暖和暖和。"于是走近火堆,把手烤热,再去摸死人的脸,死人还是冷冰冰的。他干脆把死人抱出来,自己坐在火堆旁,把死人放在自己怀里,搓他的胳膊,想让血液再流通。这样做也毫无效果。他忽然想起,两个人一起躺在一张床上,可以使身体暖和,就把他抱上床,盖好被子,自己也在他身边躺下。过了一会儿,死人果然暖和过来,开始动起来。年轻人说:"你看,表弟,我不是使你暖和过来了吗?!"死人爬起来,大喊大叫:"现在我要掐死你!"

"什么?"他说,"就这样感谢我?你还是回到你的棺材里去吧,"他把他提起来,扔进棺材,盖上棺材盖,那六个男人又把他抬走了。"我就是害怕不起来,"他说,"在这儿我一辈子也学不会害怕。"

这时有个男人走进来,他比所有的人都高大,外貌看着挺吓人,但他已经年迈,有一把白长须。"啊,你这小矮个儿,"他叫喊道,"我叫你很快就学会害怕,因为你就要死了。"

"要叫我死,也得有我在场才行。"

"我就要抓住你了。"那个老家伙说。

"慢点儿,慢点儿,别神气,我也和你一样有力气,说不定比你更有力气。"

"我倒要看看,"老头儿说,"要是你比我力气大,就放你走。来吧,咱们比试比试。"老头儿领他穿过阴暗的走廊走到铁匠的炉火前,提起一把斧子,一下就把一块铁砧砸进地里去了。

"我能干得更好。"年轻人说着走近另一块铁砧,老头儿凑上前去看,白长须垂下来。年轻人拿起斧头一下子把铁砧劈开,把老头儿的胡须夹在缝里。

"我可抓住你了，"年轻人说，"现在该你死了。"抄起一根铁棍，打得老头儿哇哇叫，求他住手，说要给他大宗财宝。年轻人抽出斧头，把他放了。

老头儿又领他回到宫里，在一个地下室里指给他看三木箱装得满满的黄金。"这三箱，"他说，"一箱给穷苦人，一箱给国王，一箱给你。"这时钟敲了十二下，老头儿隐匿了，只剩下年轻人独自站在黑暗中。

"我会有办法出去的。"他边说边向周围摸索，找到了路，回到那个房间，在火堆旁睡着了。早晨国王来了，说："学会害怕了吗？"

"没有，"年轻人回答，"什么是害怕？我死了的表弟来过，后来有一个白胡子老头来这儿，领我去看下面的许多金子。可是谁都没告诉我害怕是怎么回事。"于是国王说："你使这座宫殿解除了魔法，我要你和我的女儿结婚。"

"这太好了，"他回答，"可是我还一直不明白什么是害怕。"

金子搬上来了，婚礼举行了，年轻的王子虽然非常喜爱他的妻子，也非常快乐，但他老是说："要是我会害怕就好了，要是我会害怕就好了。"公主终于听得厌烦了。她的侍女说："我有办法让他准能学会害怕。"

一条小溪流过花园，侍女去溪边让人帮她捉了一满桶梭子鱼。夜里，等年轻的王子睡了，公主拉开他的被，把满满一桶冷水和梭子鱼倒在他身上，小鱼在他身边活蹦乱跳。他突然惊醒，大叫："哎呀，可怕！可怕！亲爱的，现在我知道什么是害怕了。"

# 三根金发的魔鬼

从前有一个贫穷的女人生了一个小儿子,小儿子出生时身上裹着胎膜,有人就预言他十四岁上会娶公主做妻子。过了不久,国王到村里来,谁都不知道他是国王,他问起有什么新闻,人们就回答说:"前几天这里生了一个带胎膜的孩子,据说这种人做什么事情都能成功。有人还预言他十四岁那年会娶国王的女儿做妻子。"国王心地狠毒,对这预言很生气,他去找孩子的父母,装出和气的样子,说:"你们是穷人,把孩子交给我吧,我会照料他的。"起初他们不愿把孩子交给他,但陌生人出一大笔钱,他们想:"这是个幸运儿,总会逢凶化吉的。"终于同意把孩子给他。

国王把孩子放在一个盒子里面,骑马带着它来到一条很深的河边,把盒子扔到河里。国王心想:"我帮助我女儿摆脱了一个不受欢迎的求婚者。"但是这盒子没有下沉,它像一只小船在水上漂流,也没有一滴水灌进盒里。它漂流到离国王的京城两英里的地方,那里有一座磨坊,盒子搁浅在磨坊的堤坝边上。碰巧一个磨坊的伙计站在那儿,看见了它,就用钩子把它钩过来,以为得到了大宗财宝,打开一看,却是一个健康活泼的漂亮男孩躺在里面。他把孩子给磨坊主夫妇送去,他们没有孩子,很高兴地说:"这是上帝赐予我们的。"他们精心抚养这个弃儿,他渐渐长大,各方面品德都很好。

有一天,国王为了避雷雨走进磨坊,他问磨坊主夫妇,那个高个子少年是不是他们的儿子。"不,"他们回答说,"这是一个弃儿,十四年前躺在一个盒子里漂流到堤坝边上,磨坊的伙计把他从水里钩上来的。"国王知道这孩子不是别人,正是他扔到水里的那个幸运儿,就说:"你们两位好心人,能不能让孩子送一封信给王后?我会赏他两块金币。"

"国王的命令,一定照办。"他们回答说,就叫男孩准备启程。国王给王后写了一封信,信里说:"送这封信的男孩子一到,就把他杀了、埋掉,这一切在我回来之前都要办好。"

男孩带了这封信启程,但他迷了路,晚上走到一片森林里去了。黑暗中他看见一点小

小的亮光，径直朝它走去，走到一座小房子跟前，便走进去。屋里只有一个老太婆独自坐在火堆旁边。她看见少年进来，吃了一惊，说："你从哪里来，要到哪里去？"

"我从磨坊来，"他回答说，"我要去找王后，给她送一封信。可我在森林里迷了路，想在这里住一夜。"

"你这可怜的孩子，"老太太说，"你跑到强盗窝里来了，他们一回来，就会杀死你。"

"谁要来就来吧，"少年说，"我不怕。我累得再也走不动了。"说着，躺在一条长凳上睡着了。不久，强盗们回来了，怒气冲冲地问道，哪个陌生男孩躺在那里。"啊，"老太太说，"这是个纯洁无辜的孩子，在森林里迷了路，我可怜他，把他收留下来，有一封信要他交给王后。"强盗们拆开信看，信里说，这男孩一到，就要马上把他杀了。这些硬心肠的强盗起了怜悯之心，强盗首领把信撕了，另写一封，信里说，这男孩一到，就要他马上和公主结婚。他们让他在长板凳上安安静静地睡到第二天早晨，交给他那封信，又给他指了正确的路。王后收到信件，看了以后，就照信里吩咐的那样，下令举行盛大豪华的婚礼，公主和幸运儿结婚了。因为这少年英俊又友善，公主和他在一起生活得很快乐、很满意。

过了一段时间，国王回到王宫，看到预言应验了，幸运儿已经和他的女儿结了婚。"这是怎么回事？"他说，"我在信里下的命令不是这样的。"王后把信递给他，叫他自己看里面写些什么。国王看了信，发现信被人换了。他问年轻人叫他送的那封信哪儿去了，为什么他把另一封信送来了。"我一点儿也不知道，"他回答说，"一定是我那天夜里在森林里睡着的时候被人调换的。"国王勃然大怒说："不能让你这么容易得手。谁要得到我的女儿，就得从地狱里取来魔鬼头上的三根金发。你能把我要的东西给我拿来，就可以继续和我女儿做夫妻。"国王希望以此永远甩掉他。但幸运儿却回答："我会拿到金发的，我不怕魔鬼。"说完，他就告别大家，踏上旅途。

他沿着大路走到一座大城市，城门口的卫兵盘问他能干什么活，知道些什么。"我无所不知，无所不晓。"幸运儿回答说。

"那你可以帮我们一个忙，"卫兵说，"告诉我们，为什么我们市集广场上的井往常喷涌出葡萄酒，现在连一点儿水都没有了？"

"你们会知道的，"他回答说，"你们等着吧，等我回来。"他继续往前走，来到另一座城市，那里的城门卫兵又问他能干什么活，知道些什么。"我无所不知，无所不晓。"幸运儿回答说。

"那你可以帮我们一个忙，告诉我们，为什么我们城里的一棵树往常长出金苹果，现在连叶子也不长了。"

"你们会知道的，"他回答说，"你们等着吧，等我回来。"他继续往前走，来到一条大河边。他要过河，摆渡的船夫问他能干什么活，知道些什么。"我无所不知，无所不晓。"幸运儿回答说。

"那你可以帮我个忙，"船夫说，"告诉我，为什么总得我摆渡来摆渡去，老是没有人来接替我。"

"你会知道的，"他回答说，"你等着吧，等我回来。"

过了河，他就找到了进入地狱的大门。地狱里面黑黝黝的，粘满煤烟，魔鬼没在家，他的老祖母坐在一张宽大的安乐椅上。"你要干什么？"她对他说，样子一点儿也不凶。"我要魔鬼头上的三根金发，"他回答说，"要是拿不到，我就会失去我的妻子。"

"你的要求太过分了，"她说，"要是魔鬼回家发现了你，你就会没命。不过我可怜你，我要看看能不能帮你点忙。"她把他变成一只蚂蚁，说："爬到我的裙子折缝里来，你在这里很安全。"

"好的，"他回答，"这样很好，不过还有三件事情是我很想知道的：为什么往常喷涌出葡萄酒的一口井变干涸了，现在连水也没有？为什么往常结出金苹果的一棵树，现在连叶子也不长了？为什么一个摆渡的船夫总是摆渡来摆渡去，也没有一个人来替换他？"

"这是些很难的问题，"她回答说，"你一定要安安静静待着，不要出声，我拔魔鬼三根金发的时候，你要注意听他说些什么。"

晚上，魔鬼回家。一进家门，他就觉得空气不纯净。"我闻到有人肉味，"他说，"这里情况不对头。"他在所有犄角旮旯查看、寻找，什么也没有找到。老祖母骂他："刚才才打扫过，把所有的东西整理好了，你现在又给我翻腾得乱七八糟。你鼻子里总能闻到人肉味！坐下来吃你的晚饭吧！"他吃完了，喝过了，累了，头枕在老祖母怀里，要她给他抓虱子。不久，他睡着了，出气很粗，直打呼噜。老祖母揪着一根金发，拔下来放在一边。"哎哟！"魔鬼叫喊起来，"你干什么呀？"

"我做了个噩梦，"老祖母回答说，"就揪了你的头发。"

"梦见什么了？"魔鬼问。

"我梦见市集广场上有一口井，往常它喷涌出葡萄酒，现在干涸了，连水也流不出来，这是什么缘故？"

"哼，他们哪能知道！"魔鬼回答说，"井里一块石头下面有一只癞蛤蟆。把它打死，葡萄酒就又流出来了。"老祖母又给他抓虱子，他又睡着了，鼾声震得窗户颤动起来。老祖母拔了他第二根头发。"哎哟，你干什么？"魔鬼生气地喊叫。"别发火，"她回答说，"我做梦呢。"

"又做什么梦了？"他问。

"我梦见一个王国里有一棵果树，往常都结金苹果，现在连叶子也不长了。这是什么原因？"

"哼，他们哪能知道！"魔鬼回答说，"有一只耗子在咬树根。把它打死，这棵树就还能长出金苹果，如果还让它继续咬下去，这棵树就要完全枯死。别再拿那些梦来烦我了，我睡着你再把我弄醒，就给你一个耳光。"老祖母答应他，又给他抓虱子，他又睡着了，打起呼噜。她揪住他的第三根头发，拔了出来。魔鬼跳起来，大喊大叫，要和她算账，老祖母又一次使他的气消下来，说："要做噩梦，谁有什么办法！"

"你又做什么梦了？"他问，毕竟很好奇。

"我梦见一个摆渡的船夫诉苦说，总是他摆渡来摆渡去，也没人去替换他。这究竟是怎么一回事？"

"哼，这笨蛋！"魔鬼回答说，"如果有人要过河，他只要把船篙往那人手里一塞，那人就得摆渡，他不就自由了。"老祖母已经拔了他三根金发，三个问题也都回答了，她就让这恶魔安安稳稳地一觉睡到天亮。

魔鬼又走了以后，老太太把蚂蚁从裙子褶皱里面拿出来，让幸运儿恢复了人形。"给你这三根金发，"她说，"魔鬼回答三个问题时说的话你一定都听见了吧？"

"是的，"他回答说，"我都听见了，我会牢牢记住的。"

"忙已经帮了，"她说，"你现在可以走了。"

他感谢老太太在危难中给予帮助，之后离开了地狱。这一切办得这么顺利，他很高

兴。到了摆渡的船夫那儿，船夫要他兑现诺言，回答问题。"先把我摆渡到对岸，"幸运儿说，"我就告诉你怎样解脱。"到了对岸，他把魔鬼的主意转告船夫："如果又有人来，要坐渡船到对岸，你只要把船篙放在他手上就行了。"他继续往前走，来到那个不长果实的树所在的城市，卫兵也要他回答问题。他把从魔鬼那儿听到的告诉他："杀死那只咬树根的耗子，这棵树就会再结出金苹果。"卫兵感谢他，酬谢他两只驮满黄金的驴子，跟随在他后面。最后，他来到那个水井干涸了的城市。他把魔鬼说的话告诉卫兵："井里一块石头下面有一只癞蛤蟆，你们得把它找出来，打死它，井就还会涌出很多很多葡萄酒。"卫兵感谢他，也赠送他两只驮着黄金的驴子。

幸运儿终于回到家里，回到妻子身边，他的妻子和他重逢，听他说一切都很成功，心里非常高兴。他给国王送去他所要的魔鬼的三根金发，国王看见四只驴子驮着黄金，高兴得了不得，说："现在所有的条件都满足了，你可以永远和我的女儿在一起了。不过，亲爱的女婿，请你告诉我，这么多黄金是哪儿来的？这可是巨大的财富啊！"

"我曾经渡过一条河，"他回答说，"这些黄金就是我从那儿带来的，那儿河岸边没有沙子，都是黄金。"

"我也可以拿一些吗？"国王贪婪地问。

"您想拿多少就拿多少，"他回答，"河上有个摆渡的船夫，您让他把您摆渡过去，到了对岸，您就可以装满您的袋子了。"贪心的国王急忙上路，到了河边，挥手让船夫把他摆渡过去。船夫过来，叫他上船，到了对岸，他把船篙塞在国王手里，自己跳上岸走了。从此国王不得不在那儿摆渡，这是对他的罪孽的惩罚。

"他还在摆渡吗？"

"什么？大概没有一个人从他那儿接过船篙。"

# 小桌、金驴和棍子

很久很久以前有一个裁缝,他有三个儿子,只有一只山羊。那只山羊,因为他们都吃它的奶,每天都得牵到草地上去,吃很好的草料。儿子们轮流干这活。有一天,老大牵羊去教堂墓地,那里有许多鲜美的青草,他让羊儿吃草,在附近跳来跳去。傍晚该回家时,他问道:"羊儿,吃饱了没有?"羊儿回答:

我吃得很饱,<br>一片叶子也不再要,咩——咩——

"那就回家吧!"他把它牵进羊圈拴牢了。"怎么样,羊吃够草料没有?"老裁缝问。老大回答说:"吃得很饱,它一片叶子也不想再吃了。"父亲要证实一下,自己到羊圈里来,他抚摸那只可爱的山羊,问它:"羊儿,你吃饱了没有?"山羊回答说:

> 我怎么能吃饱？
> 我跳过几道小沟，
> 一片叶子也没见到，咩——咩——

"太不像话了！"裁缝大声喊叫起来，他跑去找老大，"你这撒谎的家伙，你叫羊饿着，还说它吃饱了！"他怒气冲冲地拿起墙上的尺子打老大，把他赶跑。

第二天轮到老二放羊，他在花园篱笆旁边找到一个地方，那儿的草长得很好，羊把草都吃光了。傍晚要回家时，他问："羊儿，吃饱了没有？"羊儿回答：

> 我吃得很饱，
> 一片叶子也不再要，咩——咩——

"那就回家吧。"他把它牵进羊圈拴牢了。"怎么样，"老裁缝说，"羊吃够草料没有？"

老二回答说："吃得很饱，它一片叶子也不想再吃了。"父亲不放心，自己到羊圈里来，他问："羊儿，你吃饱了没有？"山羊回答说：

> 我怎么能吃饱？
> 我跳过几道小沟，
> 一片叶子也没见到，咩——咩——

"这个坏蛋！让这么好的羊挨饿！"他跑去拿尺子打老二，把他赶出家门。

现在轮到第三个儿子放羊了，他要把事情办好，找了一处枝叶葱茏的灌木丛，让羊去吃。傍晚要回家时，他问："羊儿，吃饱了没有？"羊儿回答：

> 我吃得很饱,
> 一片叶子也不再要,咩——咩——

"那就回家吧。"他把它牵进羊圈拴牢了。"怎么样,"老裁缝说,"羊吃够草料没有?"

老三回答说:"吃得很饱,它一片叶子也不想再吃了。"父亲信不过,自己到羊圈里来,他问:"羊儿,你吃饱了没有?"这阴险的畜生回答说:

> 我怎么能吃饱?
> 我跳过几道小沟,
> 一片叶子也没见到,咩——咩——

"啊,撒谎的混蛋!"老裁缝大喊,"一个个都这么坏,这么不负责任!你们再不能拿我当傻瓜了!"他气极了,跑去拿尺子狠狠地抽可怜的小儿子的背,打得他只好从家里逃走。

现在就只剩老裁缝自己一个人和山羊在一起了。第二天早晨他去羊圈,对羊爱抚一番,说:"来,我的可爱的小羊,我亲自带你去吃草。"他牵羊去绿色篱笆那儿,去吃蓍草和羊平时爱吃的东西。"这回你可以随心所欲吃个够了。"他对它说,让它吃草吃到傍晚。他问:"羊儿,吃饱了没有?"羊儿回答:

> 我吃得很饱,

> 一片叶子也不再要,咩——咩——

"那就回家吧。"他把它牵进羊圈拴牢了。走了几步,又转过头来问:"这回你可吃得够饱的了!"不料山羊对他也没好到哪里,叫道:

> 我怎么能吃饱?
> 我跳过几道小沟,
> 一片叶子也没见到,咩——咩——

他一听,愣住了,也明白了不该赶走三个儿子。"等着瞧吧,"他喊叫着,"你这忘恩负义的畜生,赶走你还便宜你了!我要给你做个记号,叫你没脸见正直的裁缝。"他匆忙跑上去拿刮胡子刀,给山羊的头抹肥皂,把山羊头剃得像他的手掌一样没一根毛。他觉得用尺子揍它太赏它脸了,就去拿鞭子狠狠抽它,抽得它狂奔逃命。

老裁缝孤孤单单待在家里,非常伤心,很想要儿子们回来,可是没人知道他们的下落。

原来,老大在一个细木匠那儿当学徒,他勤奋不懈地学习,满师以后要去闯世界,师傅送他一张小桌子。这张小桌子表面看上去并没有什么特别的地方,木头也是普普通通的木头,但是它有个很好的性能。你把它放好了,说:"小桌子,上菜吧!"这顶呱呱的小桌子马上就铺上干净的小台布,摆上一个盘子,旁边放置餐刀、叉子,还有几盘煎烤烧炖的菜肴,一大杯红葡萄酒,谁看了心里都会乐开了花。年轻的木工心里想:"这够我受用一辈子了!"就高高兴兴地去各处漫游,饭店好坏,有没有什么吃的,他都不放在心上。高兴时,他根本不进饭店,而是在田野上,在森林里,在草地上,高兴在哪儿就在哪儿,取下背上的小桌子,摆在面前,说:"小桌子,上菜吧!"心里想吃什么就有什么了。他终于想回家了,父亲大概已经怒气全消,看到自动上菜的桌子,也许会很乐意接纳他。在回家的途中，经过一家客店，里面坐满了客人。他们招呼他，邀请他和他们一起吃，否则恐怕不容易得到什么吃的东西。他回答说："就这么点儿吃的东西，我怎么好意思吃呢？我请诸位吧！"他们哈哈大笑，以为他在开玩笑。他在房间正中摆好他那张小木头桌子，说：

小桌子，上菜吧！

转眼间，桌上就摆满了客店老板拿不出来的香味扑鼻的佳肴美馔。"亲爱的朋友们，请用餐吧！"木匠说。客人们看他真的请吃饭，也就不等他再说第二遍，都坐过来，举起刀叉，狼吞虎咽。最使他们惊奇的是，一碗菜吃完了，马上又有满满的一碗自动上来。老板站在墙角看这玩意儿，不知该说什么好，心想："我这客店倒很需要一个这样的厨师。"木匠和他的客人一直闹腾到深夜才上床睡觉，木匠让那神奇的小桌靠墙放着。老板睡不着，一个劲儿地转脑筋，忽然想起在他堆放破烂的小屋里有一张旧的小桌，样子和这张一模一样。他悄悄去取来，拿它调换神奇的小桌。第二天，木匠付了住宿费，收拾好桌子上路，根本想不到桌子被人调换了。中午时分他到家了，父亲很高兴见他回来。

"爸爸，我是个细木匠了。"

"这手艺好啊，"父亲说，"你带什么东西回来了？"

"爸爸，我带的最好的东西是这张桌子。"裁缝从各方面把小桌子打量一番，说："你做的这张桌子可不是什么精品，这是一张又旧又差的小桌子。"

"这是一张自动上菜的桌子，我叫它上菜，桌上马上就会有很好的菜肴，还有令人开心的葡萄酒。你去请所有的亲朋好友来高高兴兴地美餐一顿吧，小桌子会让他们吃个够的。"客人来了，他把小桌子放在房间正中，说：

小桌子，上菜吧！

可小桌子毫无动静，可怜的木匠才发现桌子被人调换了，站在那儿，羞愧难当，好像自己是个说谎话的人似的。亲友们取笑他一番，回家去了，什么也没吃，什么也没喝。父亲又拿出布料来继续做裁缝活，儿子去一个师傅那儿做工。

二儿子在一个磨坊主那儿当学徒。学徒期满时，师傅说："你干得很好，我要送你一头特别的驴子，它不拉车，也不驮口袋。""那它究竟能派什么用场呢？"年轻人问。

"它会吐出金子，"磨坊主回答说，"你把它放在一块布上，嘴里念'布列克勒布列特'，这顶好的牲口就会给你吐金币出来，前面后面一起吐。"

"真是个好东西啊！谢谢师傅！"接着就去远游了。他需要金子的时候，只要对驴子说：

布列克勒布列特

金币就像雨一样落下来，他只需把它们捡起来就是了。无论他到哪里，总是要最好的东西，越是昂贵的，他越喜爱，因为他的钱袋总是满满的。他在各处看了一段时间以后，心里想："得去看看父亲，带着这头金驴回去，他会忘了生气，好好待我的。"他来到他哥哥给调换了小桌子的那家客店，手里牵着驴子，老板要接过这牲口，把它拴起来，没想到年轻人说："不麻烦你了，我自己把驴子牵去牲口棚拴着吧，我得知道它在哪儿。"店主认为一个需要自己照管驴子的人，吃不起多少东西，所以，当年轻人从口袋里掏出两块金币，要他只管把好酒好菜给他端来的时候，他好生奇怪，不由得睁大了眼睛，跑去找他能搞到的最好的东西。吃完了饭，客人问该付多少钱，老板想多敲些竹杠，就说还得再给几个金币。年轻人一摸口袋，金币已经用完了。"请稍等片刻，老板先生，"他说，"我去取金币就来。"说着顺手把桌布带走了。老板莫名其妙，心里好奇，悄悄跟在他后面。因为客人把牲口棚的门插上了，他就从门缝里偷看，只见客人把桌布铺在驴蹄下面，口念：

布列克勒布列特

这牲口就前面后面都吐出金子，金子雨点一般地落在地上。"哎呀呀，了不得，"老板说，"金币一会儿就铸好了！有这么个钱袋子倒是不赖啊！"客人付了钱，倒头就睡，老板却偷偷溜进牲口棚，牵走铸金币能手，把另一头驴子拴在那儿。第二天一大早，年轻人牵了驴子就走，以为那就是他的金驴子。中午时分，他回到父亲家里，父亲见他回来，非常高兴。"你当了什么了，我的儿子？"老头子问。

"当了磨坊伙计，亲爱的爸爸。"他回答道。

"你在各处漫游，带什么东西回来了？"

"只有一头驴子，别的什么也没有。"

"驴子这里多的是，"父亲说，"要是有一只好山羊更好。"

"不错，不过这不是一头普通的驴子，这是金驴子，这顶好的牲口会吐出一大堆金币。你去把所有的亲戚都请来，我要让他们都成为富翁。"

"这，我就太高兴了，"裁缝说，"以后我就不用那么辛苦地缝制衣服了。"他赶快跑去叫亲戚们来。他们一到齐，磨坊伙计就请他们让开点儿地方，在地上铺了一块布，把驴子牵进房间。"现在请大家注意了！"他念道：

布列克勒布列特

可是，掉下来的不是金币，这牲口根本不懂他那门艺术，因为不是每一头驴子都有那种本事。可怜的磨坊伙计拉长了脸，明白自己上当了，他请求亲戚们原谅。他们走了，跟来的时候一样贫困。无奈，老头子只得又拿起针线，年轻人去给一个磨坊主干活。

老三给一个车木师傅当学徒，因为这门手艺需要很高的技巧，所以他学习的时间要更长一些。他的两个哥哥写信告诉他说他们多么倒霉，客店老板如何在他们快到家的前一天晚上骗走了他们顶好的宝物。车木工学成后要去漫游，因为他做得很好，师傅送他一个口袋，说："口袋里有一根短棍。"

"口袋我可以背着，对我很有用，短棍放在口袋里有什么用？只是增加分量罢了。"

"我这就告诉你，"师傅回答说，"如果有人欺负你，你只要说'短棍，从口袋出来吧！'这短棍就跳出来，跳到人们中间，兴高采烈地在他们背上跳舞，叫他们八天动弹不得，要等到你说'短棍，回口袋里去吧！'它才停下。"小伙子谢谢他，背起口袋走了。遇到有人侮辱他，要和他动手，他就说：

*短棍，从口袋出来吧！*

棍子就从口袋里跳出来，不管他们穿着外衣还是背心，没等他们脱下来，上去就一顿狠揍，而且速度很快，人家还没看清楚是怎么回事就挨揍了。黄昏时分，年轻的车木工来到他的两个哥哥受骗上当的那家客店。他把背包放在面前桌上，便讲开了他在各地看到的稀奇古怪的事情。"不错，"他说，"有人大概见到一张会自动上菜的小桌子，一头金驴子，和诸如此类的东西，这些都是好玩意儿，我不小看它们，可是要跟我得到的、现在就在我口袋里的宝贝比起来，那都算不了什么。"老板竖起耳朵听着："老天爷啊，这会是什么宝贝？"他想，"口袋里没准装的都是宝石，这东西也该归我，好事成三嘛！"到了睡觉的时候，客人在凳子上躺下，把他的口袋塞在脑袋底下当枕头。老板觉得客人睡熟了，走过去小心翼翼地拉一下口袋，看能不能抽出来换上另一个枕头。车木工早就等着这一手，老板大着胆子正要偷梁换柱的当儿，车木工喊一声：

*短棍，从口袋出来吧！*

短棍马上跳出口袋，飞到老板身上，狠狠揍他，打得他大喊饶命。短棍应和着他叫喊的节拍打他的背，他叫喊得越响，打得越狠，最后他筋疲力尽，倒在地上。车木工说："你不交出自动上菜的小桌子和金驴子，就还得挨揍。"

"啊，别打了，我愿退还一切，只求你快让这魔棍回到口袋里去吧！"车木工说："且饶你一回，你要使坏可得当心！"说罢，喊一声：

*短棍，回口袋里去吧！*

第二天，车木工带着自动上菜的小桌子和金驴子回到父亲家里。裁缝又再见到儿子，非常高兴，问他在外地都学了些什么。"亲爱的爸爸，"他回答说，"我当了车木工了。"

"这是需要很高技术的手艺。"父亲说，"你在各处漫游，带什么东西回来了？"

"一件很贵重的东西，亲爱的爸爸，"儿子回答说，"一根短棍，在口袋里。"

父亲叫起来："一根短棍！从哪棵树上都能砍一根，还值得这么费事老远的带来！"

"这可不是那种普通的棍子，爸爸。棍子可以跳出来狠狠地打对我不怀好意的人，打得他躺在地上求饶才罢休。那个客店老板偷走我哥哥的自动上菜小桌和金驴子，你看，我用这棍子把这两样东西都要回来了。现在你把他们和亲戚都请来，我宴请他们，还要让他们的口袋装满黄金。"老裁缝真不敢相信，但他还是把亲戚们都请来了。车木工在房间里

铺上一块布,把金驴子牵来,对他的哥哥说:"现在你对它说吧!"磨坊工人说:

布列克勒布列特

霎时间,金币像暴雨一般倾泻在布上,一直到大家再也拿不动了,金驴子才停止吐金币。之后,车木工拿出小桌子,木匠刚说出:

小桌子,上菜吧!

桌子已经铺好,摆满了最漂亮的碗碟。裁缝家从来没办过这么丰盛的酒席,所有的亲戚都开心地狂欢到深夜。裁缝和他的三个儿子过着美满幸福的生活。

那有罪的山羊去哪了?被剃了光头,没脸见人,钻到狐狸洞里躲起来了。狐狸回家在黑暗中见一对亮闪闪的大眼睛,吓得转身就跑。熊见了问道:"狐兄,你怎么了,脸色这么难看?"狐狸答道:"一只凶猛的野兽占据了我的洞穴,一对火眼直瞪着我。""咱们去把它赶跑!"熊和狐狸一起去洞穴,往里面张望,见了那一双火眼,熊也胆怯,转身就跑,不想和那头恶兽打交道。蜜蜂遇见熊,看它神色不对,便说:"老熊,你满脸懊丧的样子,你的高兴劲儿丢到哪儿去了?"熊回答:"一头凶猛的野兽蹲在狐狸家里,我们没法子把它赶跑。"蜜蜂说:"我是可怜的弱小生物,你们平常都不肯正眼看我一下,可我能帮你们的忙。"它飞进狐狸洞里,停在山羊剃得精光的脑袋上,狠狠蜇它,蜇得山羊跳起来,咩咩地狂叫着,发疯似的逃出去,到现在谁也不知道它究竟跑到哪里去了。

# 三种语言

从前,瑞士有一个伯爵只有一个独生子,可是他很笨,什么都学不会。父亲说:"听着,我的儿子,不管我怎么教你,都没法让你学会什么。你得离开这里,我要把你交给一位著名的大师,要他教教你看看。"年轻人被送到外地一个城市,在大师那儿待了整整一年。一年过后,回到家里,父亲问他:"我的儿子,你学了什么了?"

"爸爸,我学了狗叫。"他回答道。

"上帝怜悯!"父亲叫喊起来,"这就是你学到的一切?我要把你送到另一个城市,让另一位大师管教你。"年轻人被带走,在这位大师那儿也待了一年。回到家里,父亲问他:"我的儿子,你学了什么了?"

"爸爸,我学了说鸟语。"

"没出息的东西,"父亲勃然大怒,说,"花这么多宝贵的时间,什么也没学到,还有脸来见我!我要送你去第三位大师那儿,这一回,如果你还是什么也没学会,我就不做你的父亲了。"年轻人在第三位大师那儿也待了整整一年,他又回到家里,父亲问:"我的儿子,你学了什么了?"

他回答说:"亲爱的父亲,这一年我学了青蛙怎么呱呱叫。"父亲一听,气急败坏地跳起来,把他的手下叫来,说:"此人不是我的儿子,我要把他赶出家门,我命令你们把他带到森林里杀了。"他们把他带走,要杀他的时候,又怜悯他,下不了手,就放他走了。他们挖了鹿的眼睛,割下鹿的舌头,带回去给老头子作凭证。

年轻人往前走,走了一些时候,来到一座城堡,请求在那里过夜。"可以,"城堡主人说,"如果你想在下面老塔楼里过夜,你就去吧,不过我警告你,你会有生命危险,因为里面净是野狗,它们不停地狂吠,每过几个钟头就得给它们送一个人去,这人一下子就被它们吃了。"为此整个地区的人们都很悲伤,可是谁都没有办法。但年轻人毫无惧色,他

说:"让我下去看看这些狂叫的野狗吧,给我一些能扔给它们的东西。它们伤害不了我的。"因为他执意要去,他们就给他带了些给野狗吃的东西,带他去下面塔前。他走进塔里，那些狗不朝他吠，友好地摇着尾巴在他身边转来转去，吃他扔给它们的东西，没伤着他一根毫毛。第二天早晨他又健康无损地出现在大家面前，使每个人都感到惊奇。他对城堡主人说："那些狗用它们的语言向我说明它们为什么待在这里，给地方上造成损害。它们被施了巫术，必须看守一批埋在塔下的财宝，财宝不挖出来，它们就不会安静。我从它们说的话里面也已经知道怎样才能把财宝挖出来。"大家听了都很高兴。城堡主说，如果他能把这件事情办好，他就收他做儿子。年轻人又下去，很快就起出一个装满黄金的箱子。从此再也听不见野狗狂吠，野狗不见了，地方上消除了一大祸害。

过了一些时候，年轻人忽然心血来潮，想去罗马。途中经过一处沼泽地，听到青蛙呱呱叫。他竖起耳朵听，听明白它们说了些什么，心里感到奇怪，沉思默想起来。

他终于到达罗马，这时恰巧教皇逝世，红衣主教们为该推选谁当教皇迟疑不决。最后他们一致认为应该推选身上显示出神迹的人当教皇。就在他们刚刚作出决定的那一瞬间，年轻的伯爵走进教堂，突然飞来两只雪白的鸽子，落在他的双肩上不走。红衣主教们看出这就是神迹，马上问他是否愿意做教皇。他很犹豫，不知道自己是否有资格担当此任，但鸽子在他耳边叫他答应，终于他说了一声"愿意"。于是人们给他涂了圣油，举行了加冕仪式。被立为教皇，他在途中听青蛙说的日后他会当神圣教皇这使他大惑不解的话，也就应验了。随后他必须唱弥撒，但他一个字也不会，还是那两只鸽子一直蹲在他肩上，告诉他一切。

# 聪明的格蕾特

从前有一个女厨师名叫格蕾特,她穿一双红鞋跟的鞋,出门时,总扭过来扭过去,乐滋滋地想:"你可真是个漂亮的姑娘。"回到家里,心里高兴,就喝一口葡萄酒,葡萄酒能刺激食欲,于是她品尝她自己做的最好吃的菜肴,一直到吃饱为止,她说:"女厨师得知道饭菜味道怎么样。"

有一天,主人对她说:"格蕾特,今天晚上有个客人要来,你给我准备好两只母鸡。"

"会准备好的,先生。"格蕾特回答道。她便宰鸡,热水烫鸡,拔鸡毛,把母鸡插在铁扦子上,黄昏时分架在火上烤。母鸡开始变成褐色,熟了,客人还没来。格蕾特大声跟主人说:"客人还不来,我得把鸡从火上拿下来,这会儿油刚烤出来最香,不马上吃太可惜了。"主人说:"那我只好自己跑一趟去请客人。"主人一转身,格蕾特就把插着母鸡的扦子放在一旁,心里想:"在火旁边站这么长时间,又出汗又口渴,谁知道他们什

么时候来！我趁这工夫去地窖喝一口。"她跑下去，拿了把酒壶，说："上帝保佑你，格蕾特！"喝了一大口。"葡萄酒是要接着喝的，"她继续说，"中断了不好。"又实实在在地喝一大口。她过去把鸡重新放在火上烤，在母鸡身上抹黄油，心情愉快地把铁扦子翻过来翻过去。烤鸡的味儿真香，格蕾特就想："没准儿还差点儿什么作料，得尝尝！"她用手指头沾着舔了舔，说："嗨，这么好吃的母鸡！不马上吃它，真是罪孽、耻辱！"她跑到窗口，看主人和客人来了没有，可是一个人影也看不见，她又站到母鸡旁边，心想："一个鸡翅膀烤煳了，我把它吃掉要好些。"便把它切下来吃，味道很好。吃完了，她想："另一个翅膀也得拉下来，不然主人会发现缺了点儿什么。"吃完两个鸡翅膀，她又去张望一下，还是不见主人回来。"谁知道，"她忽然想起来，"说不定他们根本不来了，没准儿转到哪儿去了。"于是她说："嗨，格蕾特，高兴起来，这一只已经动过了，干脆再喝一口酒，把它整个儿吃了。都吃了，心里就踏实了。上帝恩赐这么好的东西，怎么能让它放坏了呢？"她又跑到地窖，好好地喝上一口酒，高高兴兴地把一只鸡都吃了。一只鸡下了肚，主人还等不来，格蕾特看着另一只，说："一只在哪里，另一只也得去那里，两只是一块儿的：对这个合适的，对另一个也不错，我想，再喝一口，对我也没害处。"于是她又喝一大口酒，让第二只鸡去找第一只做伴。

她正吃得津津有味，主人回来了，大声喊道："快点，格蕾特，客人马上就到了。"

"好的，先生，就准备好了。"格蕾特回答说。这期间，主人来看桌上菜肴摆好了没有，然后，手里拿着一把要剁鸡的大菜刀，在过道磨刀。这时候客人来了，彬彬有礼地敲门。格蕾特赶快过去看是谁在敲门，见是客人，她把手指头放在嘴边，说："别作声！别作声！快回去，快回去！我家主人逮着您，您就大祸临头了！他请您来吃晚饭，不为别的，就是要割下您的两只耳朵。您听，他正在磨刀呢。"客人听见磨刀声，慌忙拼命跑下又窄又陡的楼梯。格蕾特立刻跑去找主人，边跑边大声喊叫："您请的一个好客人！"

"怎么啦，格蕾特？你这话是什么意思？"

"什么意思，"格蕾特说，"我端着鸡正要摆上餐桌，他抢走我碗里的两只鸡，跑了。"

"成何体统！"主人说，心里惋惜那两只美味烤鸡，"他至少也该给我留下一只，那样我也能有点儿吃的。"他去追赶他，要他停步，但客人装作听不见。他在他身后紧追不舍，刀还在手里拿着，大声喊："就要一只！就要一只！"他的意思是，客人应该给他留下一只鸡，不要两只都拿走。可是客人听成了只要他的一只耳朵，为了把两只耳朵都带回家，他发足迅速奔跑，就像火烧他的脚底板似的。

# 鸟弃儿

从前有一个林务官去森林里打猎,他一走进森林,就听见像是孩子哭叫的声音。他循着声音找去,最后来到一棵高高的大树下,一个孩子坐在那棵树上。原来孩子的妈妈带着孩子坐在树下睡着了,一只猛禽看见她怀里的孩子,飞下来把孩子叼了放在树上。

林务官爬上树,抱下孩子,心想:"我要把孩子带回家,和小勒妮一起抚养。"于是他把他带回家,两个孩子在一起长大。树上找到的那个孩子,因为被鸟叼走过,就叫作鸟弃儿。鸟弃儿和小勒妮两人非常亲昵,一个看不见另一个,心里就难过。

林务官家里有一个老厨娘。一天晚上,她拿了两只水桶去井边打水,去了好几趟。小勒妮看见了,说:"老桑涅,告诉我,你打这么多水干什么?"

"你要是对谁都不说,我就告诉你干什么。"厨娘说就跟她说,"明天一早林务官去打猎,我就用大锅烧水,水开了,就把鸟弃儿扔到锅里面煮。"

第二天一大早，林务官就去打猎，他走的时候，孩子们都还没起床。

小勒妮对鸟弃儿说："你要是不离开我，我也不离开你。"

鸟弃儿回答说："永远不离开。"

于是小勒妮说："我要告诉你一件事，老桑涅昨天晚上往家里打了许多桶水，我问她打这么多水干什么，她说，要是我跟谁都不说，她就告诉我。我说一定不告诉任何人，她就说，我父亲去打猎，她要烧一大锅开水，把你扔进去煮。我们要赶快起床，穿好衣服，一起逃跑。"

两个孩子起床，迅速穿好衣服就走。大锅里的水烧开了，厨娘走进卧室，要逮鸟弃儿，把他投入大锅。她走近床前一看，两个孩子都不在床上，她吓坏了，自言自语道："林务官回来，知道孩子跑了，我怎么交代呢？快追，把他们追回来。"

厨娘派三个仆人去追赶，要他们把孩子带回来。两个孩子坐在森林附近，远远地看见三个仆人赶来，小勒妮对鸟弃儿说："你要是不离开我，我也不离开你。"鸟弃儿回答说："永远不离开。"小勒妮说："你变成一株玫瑰，我变成上面的一朵玫瑰花。"

三个仆人赶到森林前面来的时候，看见那里只有一株玫瑰、一朵玫瑰花，没看见一个孩子。便回去告诉厨娘，说他们只看见一株玫瑰和上面的一小朵玫瑰花，除此之外，什么也没看见。老厨娘骂他们："你们这三个笨蛋，你们不会把那株玫瑰折断，摘下玫瑰花带回家吗？还不快去办！"

他们只得再去寻找。孩子们远远地看见三个仆人赶来，小勒妮对鸟弃儿说："你要是不离开我，我也不离开你。"鸟弃儿回答说："永远不离开。"小勒妮说："你变成一座教堂，我变成教堂里的枝形灯架。"三个仆人到那里一看，只看见一座教堂和教堂里的枝形灯架。他们商量："我们在这里干什么呢？我们回去吧。"

回到家里，厨娘问他们找到鸟弃儿没有，他们说没有，只看见一座教堂，教堂里有一个枝形灯架。"你们这些蠢货，"厨娘骂他们说，"你们为什么不捣毁教堂，把那枝形灯架搬回家呢？"这回老厨娘亲自出马，带上三个仆人去追回孩子。

孩子们从远处看见三个仆人跑来，厨娘在他们后面摇晃着脑袋。小勒妮对鸟弃儿说："你要是不离开我，我也不离开你。"鸟弃儿回答说："永远不离开。"小勒妮说："你变成池塘，我变成池塘里的一只鸭子。"

厨娘走近了，看见池塘，趴在池塘边上要喝干池塘里的水。鸭子很快游过来，用鸭嘴咬住厨娘的头发，把她拖进水里。老巫婆就这样被淹死了。两个孩子这才一起回家。

# 金鸟

古代有一个国王,他的宫殿后面有一座美丽的花园,园中有一棵能结出金苹果的树。苹果熟了的时候,是数了数的,可是第二天就发现少了一只。国王得到报告,下令每天夜里都要有人在树下看守。国王有三个儿子,夜幕降临时,他派大儿子到花园去,半夜时分,他熬不住睡着了,第二天早晨少了一只苹果。第二夜该二儿子去看守,他也好不了多少,钟敲十二点时,他睡着了,早上发现又少了一只苹果。现在轮到第三个儿子了,他也做好了准备,但国王不怎么信得过他,以为他多半还不如他的两个哥哥。不过最终还是准许他去了。这年轻人躺在树下,他醒着,不让睡意控制自己。钟敲十二下时,他听见空中传来嗖嗖的响声,月光下看见飞来一只鸟儿,浑身羽毛金光闪耀。鸟儿落在树上,它正啄下一只苹果,年轻人向他射了一箭。鸟飞走了,但那支箭射中它的羽毛,一根金羽毛落到地上。年轻人把它捡起来,第二天送去给国王看,向他讲述夜间看到的情景。国王召集

他的大臣，人人都说像这样的羽毛，一根就比整个王国还要宝贵。"既然这羽毛这么珍贵，"国王宣称，"只有一根远远不够，我要整只金鸟，无论如何要得到它！"

于是大王子启程去找金鸟，他自以为很聪明，找到它不成问题。他走了一段路，看见一只狐狸蹲在森林边上，他举起火枪向它瞄准。狐狸大叫："别开枪，我要给你出个好主意。你要去找金鸟，今天晚上你走到一个村庄，那儿有两家客店隔街相对。一家灯火明亮，热闹非凡，这一家你可别进去，要进另一家客店，虽然它看起来不行。"

"这么愚蠢的畜生还能给我出什么好主意！"王子心里想，就扣动扳机，但没打中，狐狸竖起尾巴飞快跑进森林。王子一路走下去，傍晚来到两家客店隔街相望的村子，一家客店里有人在唱歌跳舞，另一家却冷冷清清，一副寒碜相。"要是放着这家漂亮的客店不住，"他想，"去住那穷酸客店，我就真是个傻瓜了。"他便走进那家热闹的客店，在那里花天酒地，把金鸟儿、父王和所有忠告、教诲统统忘了。

过了一段时日，左等右等，总不见大儿子回来，二王子就启程去寻找金鸟。他像大王子一样，也遇见了狐狸，狐狸给他出个好主意，但他听不进去。他走近那两家客店，他哥哥就站在传出喝彩声的那家客店窗前呼唤他。他抵挡不住诱惑，便进去尽情享乐。

又过了一段时间，小王子也要出去试试运气，父亲不让他去。"这是白费力气，"他说，"你还不如你哥哥，怎么能找到金鸟？要是遇上什么不幸，你也毫无办法，三兄弟就数你最无能。"但国王被他吵得心神不宁，最后也只好让他走了。那只狐狸又蹲在森林边上，求他饶命，同时要给他忠告。小王子心地善良，说："放心吧，小狐狸，我不伤害你。"

"我不会让你后悔的，"狐狸回答说，"你骑在我的尾巴上，这样能快一点到。"小王子刚骑上去，狐狸就飞奔起来，越过种种障碍，毛发在风中嗖嗖响。他们来到那座村庄，小王子下来，他接受狐狸的忠告，径直走进那家寒碜的小客店，安安静静地在那里过了一夜。第二天早晨他走到田野上，狐狸已经蹲在那里，它说："我还要告诉你该怎么办。你一直朝前面走，最后你会走到一座宫殿前面，那里躺着一大群士兵，你不用管他们，他们都睡着了在打呼噜。你从他们中间穿过去，径直走进宫殿，穿过所有房间，最后你就到了一间挂着一个木鸟笼的房间，金鸟就在那木鸟笼里。旁边有一个空的金鸟笼，那是放在那儿当摆设的，你可得当心别把金鸟从那个难看的鸟笼里拿出来放进华丽的鸟笼里去，否则你会遭殃的。"说完这一席话，狐狸又翘起尾巴，让王子骑上去。狐狸飞奔起来，越过种种障碍，毛发在风中嗖嗖响。到了王宫一看，果然一切全跟狐狸说的一模一样。王子走进那房间，金鸟蹲在木鸟笼里，旁边还有一个金鸟笼。三只金苹果随便放在地上。他想："让这只美丽的鸟儿待在又平常又难看的鸟笼里，太可笑了！"便打开鸟笼，捉住金鸟，把它放到金鸟笼里面。就在这一瞬间，金鸟一声尖叫，士兵们醒了，冲进来把他捉进监牢。第二天早晨，他在法庭受审，因为他对一切供认不讳，便被判处死刑。但是，国王说可以饶他不死，不过有一个条件：如果他能把那匹跑得比风还快的金马找来给他，他还可以赏赐他金鸟。

王子上路了，但他唉声叹气，心中悲伤，叫他到哪儿去找金马呢？忽然，他看见他的老朋友狐狸蹲在路旁。"你看，"狐狸说，"你不听我的话，事情搞糟了。不过你要振作起来，我还会关照你，告诉你怎么找到金马。你一直朝前走，就会走到一座宫殿那儿，金马就在马厩里。马厩前面躺着几个马夫，他们都睡着了在打呼噜，你可以从容不迫地把马牵出来。不过有一点你要注意：要给那匹马装上用木料和皮革做的马鞍，不能给它装上金马鞍，否则你会遭殃的。"说罢，狐狸翘起尾巴，王子骑上去。狐狸飞奔起来，越过种种障碍，毛发在风中嗖嗖响。一切果然和狐狸说的一模一样。他走进金马所在的马厩，但当他要把次的马鞍放在马背上的时候，他想："如果我不给他安上一副和他般配的鞍子，那就太辱没这匹好马了。"金马鞍刚碰着马背，那马一声长嘶，众马夫醒了，捉住年轻

人，把他投入监狱。第二天，法庭判处他死刑，但国王允诺饶他一命，并把金马赠送给他，如果他能把美丽的公主从黄金宫殿里带出来的话。

年轻人心情沉重地踏上旅途，幸运的是，他很快就见到了忠实的狐狸。"我本该叫你吃些苦头才是，"狐狸说，"不过我同情你，我要再一次帮助你摆脱困境。这条路直通黄金宫殿，晚上你就到那儿了。夜深人静时，美丽的公主要去浴室洗浴。她一进去，你随即跟上去给她一个吻，她就会跟你走，你就可以把她带走了。只是千万不能让公主和她父母告别，否则你就要遭殃。"说罢，狐狸翘起尾巴，小王子骑上去。狐狸飞奔起来，越过种种障碍，毛发在风中嗖嗖响。到了黄金宫殿，情况果然像狐狸说的那样。他等到午夜时分，人们全都沉沉入睡了，美丽的少女走进浴室，他立即冲上去吻了她一下。她说，她愿意和他一起走，但她流着眼泪恳求他允许她和她父母告别。起初他不同意她的请求，但她哭得越来越伤心，还跪在他脚下哀求，他终于让步了。可是，公主刚走近她父亲床前，他就醒了，宫中所有人都醒了，他们把小王子抓起来，关进监狱。

第二天早晨，国王对他说："你死到临头了，如果你在八天内能把在窗前挡住我的视线的那座山铲走，我就饶你不死，还会把我女儿嫁给你。"小王子开始不停地挖山，七天过后，他看自己挖的太少，所干的活加起来和没干也差不多，十分伤心，不再抱什么希望了。第七天晚上狐狸来了，说："照理你不值得我帮助，可我仍愿意帮你干活。你睡觉去吧，我替你干活。"第二天早晨他一觉醒来，望着窗外，那座山已经不见了。小王子兴高采烈地跑去向国王报告事情办好了，不管国王愿意不愿意，他只得遵守诺言，把女儿嫁给他。

于是小王子带上公主一起上路，走不多久，忠实的狐狸来找他们，说："最好的你虽然有了，但是金马还得和金殿公主在一起。"

"怎样才能得到金马呢？"王子问。

"我来告诉你,"狐狸回答说,"你先把美丽的公主送给派你去金殿的国王。他一定非常高兴,愿意把金马牵出来送给你。你立即骑上马,俯身伸手向所有的人告别,最后向美丽的公主告别时,你抓住她的手,把她拉上马,远走高飞,没有人能追上你,因为金马跑得比风还快。"

一切都顺利完成了,小王子带和美丽的公主骑着金马走了。狐狸也跟着,它对小王子说:"现在我还要帮你得到金鸟。快到关着金鸟的宫殿的时候,你让公主下马,我来保护她。你骑着金马进宫去。他们见了,一定非常高兴,会给你金鸟。鸟笼一到手,你立刻飞奔回来找我们,接走你的公主。"计策成功了。小王子正要带着这些骑马回家,这时,狐狸说:"我帮了你的忙,现在该你报答我了。"

"你想要什么?"小王子问。

"我们到了那片森林里面,你就开

枪把我打死，砍下我的脑袋和爪子。"

"这不是忘恩负义嘛！"小王子说，"我绝不能这样待你。"

狐狸说："如果你不愿意这么做，我只好离开你。不过在我走之前，我还要给你一个忠告。两件事你要当心：不要买绞架上的肉，不要坐在水井旁边。"狐狸说罢，跑进森林里去了。

小王子心里想："这真是个奇特的动物，净是些古怪念头。谁会去买绞架上的肉！还有，我从来也没想过要在水井旁边坐一下。"

他带着美丽的公主继续骑马往前走，又来到他的两个哥哥待着的那个村子。那里人声鼎沸，挨挨挤挤。他问出什么事了，有人告诉他要吊死两个人。他走近一看，原来是他的两个哥哥，他们干尽了坏事，花光了所有钱财。他问能不能放了他们。"如果您肯花钱赎他们，当然可以。"人们回答说，"可是您花钱买这两个坏蛋干什么呀？"他想也不想一下，就付钱赎了他们。两人获释，三兄弟结伴同行。

他们来到当初遇见狐狸的那片森林，太阳很毒，森林里清凉舒适，两个哥哥说："我们在水井旁边坐下休息一会儿，吃点东西、喝点水吧。"小王子同意了，说话间不知不觉就在水井旁边坐下，丝毫没料到会有什么危险。两个哥哥从后面把他推到井里，带着公主、金马和金鸟回家去见他们的父王。

"我们不仅带回金鸟，"他们说，"还把金马和金殿公主都抢过来了。"大家喜气洋洋，但金马不吃草，金鸟不唱歌，公主坐着只是哭泣。

小王子并没有死。幸亏那井是口枯井，他摔在绵软的苔藓上，没有受伤，可是没法出来。这次又是那只忠实的狐狸救他脱险，它跳下井，责骂他忘了它的忠告。

"我不能丢下你不管，"它说，"我要帮你重见天日。"

它叫小王子紧紧抓住它的尾巴，然后把王子拉上去。"你还没有完全脱离危险，"

狐狸说，"你的两个哥哥还不能确定你已经死了，他们派兵把这片林子包围起来，你一露面，就会被他们杀死。"这时恰巧有个穷人坐在路边，王子和他换穿衣服，用这个办法回到国王宫中。

没有一个人认出他，可是鸟儿又开始歌唱，马儿又开始吃草，美丽的公主也不再哭了。国王纳闷地问道："这是怎么回事？"公主说："我不知道，但是我原来那么伤心，现在我非常快乐。我觉得是我真正的未婚夫来了。"

尽管那两个哥哥威胁她，如果她泄露什么，就要将她处死，她还是把发生的一切事情原原本本地讲给国王听。国王命令把王宫里所有的人都带来见他，小王子也来了，他衣衫褴褛，像个穷人，但公主一眼就认出他来，搂着他的脖子。那两个邪恶的哥哥被抓住处死，他和美丽的公主结婚，并被指定为国王的继承人。

可怜的狐狸后来怎么样了？很久以后，有一天，王子又到森林里去，狐狸遇见他，说："你希望得到的一切，现在你都有了，可是我的苦难还没有尽头，你是完全有能力解救我的。"它再次恳求王子射死它，砍下它的头和爪子。王子照它说的做了，刚刚做完，狐狸马上变成一个人，此人正是美丽的公主的哥哥，他终于解除了身上的魔法。他们一生再没有什么痛苦，生活得非常幸福。

# 金孩子

从前有一个穷人和一个穷妻子,除了一间小屋,一无所有,靠捕鱼勉强度日。有一天,丈夫坐在水边撒网,捕到一条浑身金色的鱼。他正十分惊奇地打量这条鱼的时候,鱼儿开口说话了:"听着,渔夫,把我再放回水里去,我就把你的小屋变成一座宫殿。"渔夫回答说:"如果我一点吃的都没有,宫殿对我有什么用?"金鱼继续说:"吃的也会安排好的。宫殿里会有一个柜子,你一打开,里面有一些碗盛着最好的菜肴,你要多少,就有多少。"

"如果这样,我答应你。"

"好,"金鱼说,"不过有个条件:你不许告诉世界上任何人你的幸福是怎么得来的。不管是谁。只要说出一个字,一切就都没了。"

于是渔夫把这只神奇的鱼儿又放回水里,便回家去。他原先小屋所在的地方,现在耸立着一座大宫殿。他瞪大了眼睛观看，走进宫殿，看见妻子身上穿着美丽的衣裳，坐在一间豪华的房间里。她十分愉快地说："丈夫，怎么一下子成这样了？我真高兴。"

"是啊，"她丈夫说，"我也很喜欢，我肚子饿极了，给我拿点儿吃的吧。"

"我什么也没有，"妻子说，"在这新房子里面我什么也找不着。"

"这不难，"丈夫说，"我看见那边有个大柜子，你去把它打开。"她一打开柜子，里面有糕点、肉、水果和葡萄酒，让人看了喜上心头。妻子非常高兴地叫了起来："心肝儿，你还想要什么？"他们坐下来一起吃喝。吃饱了，妻子问道："你说，这些财富都是哪儿来的？"

"唉，别问了，"丈夫说，"我不能说。我要是对谁说了，我们的幸福就完了。"

"好，"她说，"不该我知道的，我也不想知道。"但这并不是她的真心话。她日夜心神不安，折磨她丈夫，刺激他，直到他无法忍耐，终于说出他逮着一条神奇的金鱼又放了它，这一切都是那金鱼给的。这话刚说出口，富丽堂皇的宫殿连同那个大柜子立刻就不见了，他们又坐在原先的渔民小屋里了。

丈夫又得重操旧业捕鱼去。但他福星高照，又捕到那条金鱼。

"听着，"鱼儿说，"如果你再放我到水里，我就把那座宫殿连同装满红烧油炸食物的柜子一起还给你；不过你不得泄露是谁给的，不然的话，一切都会再丢掉的。"

"我会小心的。"渔夫回答说，把鱼儿又放回水里。

家里一切又恢复了早先的豪华气派，妻子对重新获得幸福十分高兴，但好奇心使她不得安宁，过了几天，她又问起这事的来龙去脉。丈夫沉默了一段时间，最后她又整得他一气之下，把秘密泄露出来。刹那间，宫殿不见了，他们又坐在旧渔民小屋里了。

"都是你闹的，"丈夫说，"现在我们又得挨饿了。"

"啊，"妻子说，"我如果不知道财富的来路，宁可不要。否则我心里总不踏实。"

丈夫又去捕鱼，过了一段时间，偏偏第三次捕到那条鱼。

"你听我说，"鱼儿说，"我看我几次三番落在你手里，真是命中注定。把我带回你家吧，把我切成六块，两块给你妻子吃，两块给你的马吃，两块埋在地里，你会有好运的。"

渔夫把鱼儿带回家，照它说的办理。埋在地里的两块鱼肉后来长成两朵金百合，马儿生了两只金马驹，渔夫的妻子生了两个孩子，浑身上下全是金的。

两个孩子渐渐长大，长得高大英俊，百合花、马驹和他们一同长大。孩子们说："父亲，我们要骑上金马到世上走走。"

父亲忧心忡忡地说："要是你们走了，我又不知道你们的情况，我怎能受得了呢？"

孩子们说："那两朵金百合花，可以显现我们的情况：花儿鲜美，我们就健康；花儿枯萎，我们就病了；如果它们倒下，就是我们死了。"

于是他们骑马来到一家客店，里面有许多人，看见这两个兄弟，就笑起来，嘲弄他们。一个金孩子听了他们嘲笑，受了羞辱，不愿去闯世界了，又回到父亲身边。

另一个继续往前走，来到一片大森林。他要骑马过去，人们对他说："你不能去，森林里面有很多强盗，他们会打你的主意，他们见你和你的马都是金的，会杀死你的。"但他没有被吓住，"我非去不可。"他拿了几张熊皮，把自己和马完全包裹起来，不露出一点金子，便放心大胆地骑马进森林。走了一小段路，就听见树丛里面有响动，有人在说话。有人在一侧喊："这儿有一个人。"另一侧又有人喊："放他走，这是个穷鬼，穷得跟教堂里的耗子一样，没什么油水，对我们有什么用处！"就这样，金孩子幸运地穿过森林，没受到伤害。

有一天，他来到一座村庄，村里有个非常美丽的姑娘，他想，世上再不会有比她更漂亮的少女了。他非常喜欢她，便走过去对她说："我从心底里喜欢你，你愿意做我的妻子吗？"姑娘也很喜欢他，便应允了，"好，我愿意成为你的妻子，终生对你忠诚。"于是他们举行了婚礼。正当他们沉浸在最大的欢乐中的时候,新娘子的父亲回到家里。看见女儿在举行婚礼,很吃惊,他问:"新郎在哪里?"人们把金孩子指给他看,这时金孩子还裹着一身熊皮。父亲见了怒气冲冲,"一个披熊皮的人别想娶我的女儿。"他要把新郎杀了。新娘子苦苦哀求:"他已经是我的丈夫,我从心底里爱他。"一直说到他怒气渐消,但他仍然存着这个念头。

第二天一早起床,他就要去看女儿的丈夫是不是个下贱乞丐。他往屋里张望,只见床上躺着一个英俊的男子,浑身金色,脱下的熊皮扔在地上。他退回去,心里想道:"好在我压住了怒气,我几乎犯下大罪。"

金孩子在做梦,梦见他外出狩猎,追逐一只美丽的鹿。早晨醒来,他对他的新娘子说:"我要出去打猎。"她感到害怕,请求他不要去,她说:"你很可能会遇到大灾难。"但他回答说:"无论如何我都要去。"他随即站起来,前往森林,不多一会儿,一只骄傲的鹿果然出现在他眼前,完全像梦中的情景一样。他端起猎枪要射击,但那只鹿跑了。他在后面紧追,越过沟渠,穿过树丛,追了一整天,并不觉得疲乏。但在夜晚,鹿在他的眼前消失了。金孩子环顾周遭,他面前有一座小屋,里面坐着一个女巫。他敲门,女巫出来问道:"这么晚了,你到这大森林里来干什么?"他问:"您看见一只鹿没有?"

"看见过,"她回答说,"我认得那只鹿。"随她从屋里出来的一只小狗冲他狂吠。

"给我安静,你这混蛋,"他鬼使神差地说,"再叫,我射死你。"

女巫听了,怒喝道:"什么,你要打死我的小狗?"说着把他变成了一块石头,躺在地上。

他的新娘子等着他,老是不见他回去,心里很不安:"我心烦意乱,好担心啊,一定出事了。"

在家里,另一个金孩子站在金百合花旁边,一株突然倒下了。"上帝啊,"他说,

"我的兄弟大难临头了,我必须去解救他。"他跨上金马,策马奔入他的兄弟变成石头躺着的那片大森林。

老巫婆从她的房子里走出来和他说话,也想迷惑他,但他不走近前去,只说:"如果你不把我的兄弟救活,我就把你射死。"尽管她很不乐意,也只得用手指去摸石头,他的兄弟立刻恢复了人形,活过来了。两个金孩子重逢,他们都很高兴,互相亲吻、拥抱,一起骑马离开森林,一个去找他的新娘子,一个回到父亲身旁。父亲见了他说:"我知道你救了你的兄弟了,因为金百合又挺立起来,继续开花了。"他们生活得非常快乐,一直到他们生命的终点。

# 六人走遍天下

从前有一个男子,他会各种各样的技艺。战争中他当兵,遵守纪律,作战勇敢,但当战争结束,他被遣返,只得到三角银币作路上的伙食费。

"等着瞧吧,"他说,"我咽不下这口气,等我找到合适的人,非得叫国王把全国的珍宝给我拿出来不可。"

他怒气冲冲地走到森林里去,看见森林里面有个人像拔麦秆一样拔出了六棵树。他就对他说:"你愿意做我的仆人和我一起走吗?"

"愿意,"他回答说,"不过我先得给我母亲送一小捆柴火回去。"说着,他拿一棵树把另外五棵树捆在一起,扛上肩头走了。然后他又回来,和他的主人一道走,退伍军人说:"我们两人可以走遍天下。"他们走了一会儿,遇见一个猎人,跪在地上端着猎枪瞄准。退伍军人对他说:"猎人,你要射什么?"猎人回答:"我要打掉一只苍蝇的左眼。离这里一千米的一棵橡树的树枝上停着一只苍蝇。"

"哦,跟我走吧,"那男子说,"我们三人在一起,一定能走遍天下。"

猎人也高兴地随他一起走。他们走到七座风车那儿,只见风车的四翼迅速转动,但并没有风,小树叶一动也不动。那男子说:"一点儿风也没有,我不明白风车怎么会转。"他和他的仆人继续走了两里地,看见一个人坐在树上,捂着一个鼻孔,用另一个鼻孔出气。"朋友,你在干什么?"他问。那人回答说:"离这里两里的地方有七座风车,我吹气让风车转起来。"

"哦,跟我走吧,"那男子说,"我们四人在一起,一定能走遍天下。"

吹气的人从树上下来,跟他们一起走了一段时间,看见一个人单腿立着,另一条腿卸下来放在旁边。退伍军人说:"你这样休息倒也舒服。"

"我是一个赛跑家,"他回答说,"我卸下一条腿,为的是不跑得太快,我要是用两条腿跑起来,比鸟飞还快得多。"

"哦,跟我走吧,我们五个人在一起,一定能走遍天下。"

于是他也跟着走,不多一会儿,他们遇见一个人,戴着一顶小帽子,可是那帽子就扣在一只耳朵上。退伍军人对他说："要有礼貌！要有礼貌！别这么歪戴帽子，这样让人看着像个傻子。"

"我不这么戴不行，"那人说，"要是我把帽子戴得端端正正的，就会出现严寒，天底下的鸟儿都会冻死，掉到地上。"

"哦，跟我走吧，我们六个人在一起，一定能走遍天下。"

六人来到一个城市，那里的国王宣布过，谁愿意和他的女儿赛跑，并且获胜，谁就可以成为她的丈夫；但是，如果输了，就得交出脑袋。退伍军人去报名，说："我要由我的仆人替我跑。"国王回答说："那你就还得拿那个人的命作抵押，也就是说，赢了才能保住你和他的脑袋。"说定之后，退伍军人给赛跑家接上另一条腿，对他说："你要快跑，帮助我们取得胜利。"

比赛规则是谁先从远处的一口井里打了水回来，就算谁赢。于是赛跑家得到一把壶，公主也得到一把，他们同时起跑。一眨眼工夫，公主才跑一小段距离，观众已经看不见赛跑家的人影了，就好像风吹过去一样，只用很短时间，他就到达水井那儿，打满一壶水，又往回跑。可是回程跑到一半，他忽然觉得累了，就放下水壶，躺下睡着了。他用地上的一个马头骨作枕头，为的是硬邦邦的物件垫脑袋醒得快。

公主也跑得很快，在平常人中是很不错的了，这时已经跑到水井那儿，带着一满壶水匆匆往回跑；她见赛跑家躺在地上睡着了，十分高兴，"敌人落在我手里了。"她把赛跑家水壶里的水都倒掉，继续快跑。

这时，幸亏目光锐利的猎人站在高高的宫殿上，把一切都看在眼里，不然的话，就什么都完了。猎人说："不能让公主赢咱们。"他装好猎枪的子弹，一枪巧妙地把垫在赛跑家脑袋底下的马头骨打飞了，却没有伤着他。赛跑家醒了，跳起来，一看水壶是空的，公主已经跑在他前面老远了。但他并不气馁，他带着水壶又跑去井边打了水再跑回来，还

比公主早十分钟到达目的地。"你们看,"他说,"现在我才是用两条腿跑,以前根本不能叫作跑。"

这么个普普通通的退伍老兵就要娶走公主,这使国王难过,更叫他的女儿伤心。他们商议如何摆脱他和他的伙伴。国王对公主说:"我想了个法子,你不要害怕,要叫他们回不了家。"他便对他们说:"你们应该高高兴兴地聚一聚,痛痛快快地喝一回。"国王领他们去一间房间,那房间的地板是铁做的,门也都是铁做的,窗户上有铁栅栏。房中餐桌上摆满佳肴美馔。国王对他们说:"请你们进去用餐。"他们到了里面,国王就命人关上铁门,插上门闩。然后把御厨叫去,命令他在那间房间铁地板底下烧火,烧到铁板发红为止。御厨遵命照办,房间里那六人在酒席上热烘烘的,以为是喝酒喝的。待到越来越热,想要出去,发现门窗紧闭,才知道国王不怀好意,要闷死他们。

"他不会得逞的,"歪戴小帽的说,"我要招来严寒,它一来,火自愧弗如,就会退走。"

说着,他把小帽子戴端正,马上严寒降临,热浪尽消,碗里的菜肴开始结冰。

几个钟头过去了,国王以为他们全都热死了,叫人开门,要亲自去看他们。门一开,只见那六人全都站在那里,一个个精神焕发,身体健康,他们说,非常高兴能出去暖和暖和,屋里太冷,菜肴都和碗冻在一起了。国王十分恼怒,下去把御厨臭骂一顿,责问他为什么不照他的命令办。御厨回答说:"火烧得够旺了,您自己看看。"国王亲眼看见大火在铁屋子底下熊熊燃烧,知道用这办法不能伤害到那六个人。

于是国王又想,怎样才能甩掉这些令人不快的客人呢?他把那领头的叫去,说:"如果你愿意要金子,而放弃对我女儿的权利,你要多少,就给你多少。"

"啊,好,好,国王陛下,"他回答说,"我的仆人能背多少,你就给我多少,我就不要您的女儿了。"国王同意了。

那人又说:"那么我十四天后来取金子。"

他随即把全国的裁缝都找来,要他们坐十四天,一起缝制一个大口袋。口袋缝制好了,要那个拔树的大力士把口袋搭在肩上,随他去见国王。

国王说:"好一个高大的壮汉,肩上扛的麻布袋足有房子那么高!"他心里一惊:"这家伙会拿走多少金子啊!"他叫人搬一吨黄金来,一吨黄金要十六个壮汉才抬得动,可是大力士单手一抓,就把它塞进口袋里了。他说:"你们干吗不多搬一些来,这还不够垫底呢。"国王陆陆续续叫人把他的全部财宝都搬来,大力士把它们全都扒拉到口袋里,那大口袋还装不到一半。

"再多拿些来,"他大声喊,"这点儿零碎东西是装不满的。"于是国王又从全国各地运来七千车黄金,大力士把它们连同驾辕的公牛一股脑儿扒拉到口袋里去。"我就不细看了,"他说,"来什么,装什么,装满就是了。"所有的东西统统装进去后,那口袋还能再装进很多东西,但他说:"我要把事情做个了结,尽管口袋还没装满,总得把它结上。"说罢,他蹲下身子,背起口袋,和他的伙伴们扬长而去。

国王眼睁睁看着一个人就把全国的财富扛走了,非常生气,派他的骑兵上马追赶那六个人,命令他们从大力士手里夺回那口袋。两队骑兵很快就追上他们,冲他们大喊:"你们被捕了,放下装金子的口袋,不然都得挨一顿狠揍。"

"你们说什么?"吹气的汉子说,"我们被捕了?先叫你们到空中跳会儿舞吧!"他捂着一个鼻孔,用另一个鼻孔冲着两队人马吹气,他们被吹得七零八落,飘上了蓝天,越过重重山峦,一个掉在这里,一个落在那里。一个上士大叫饶命,说他身上受了九处伤,说他是条硬汉,不该受此屈辱。吹气的汉子气吹得轻些,让他落地时不至于摔伤。他对这个上士说:"回去告诉国王,叫他尽管多派些骑兵来,我要把他们都吹上天。"

国王获悉,叹道:"让那些人走吧,他们都是有本事的人。"

六人把财富带回家分了,一辈子过得都很快活。

# "幸运儿"汉斯

汉斯在主人家打了七年工,他对主人说:"老爷,我的期限满了,我要回家看我母亲,请您开给我工钱吧。"老爷回答道:"你为我办事做工忠诚老实,工钱应和工作相当。"便给他一块和汉斯的头一般大的黄金。汉斯从口袋里掏出手帕包了那块金子,放在肩上,动身回家。他两条腿交替向前迈,看见一个骑马的人骑一匹活泼的马,兴高采烈地从他身边过去。"啊,"汉斯大声说,"骑马多好啊!人像坐在椅子上,脚碰不着石头,很省鞋,不知不觉就朝前走了。"骑马的听见这话,勒住马喊道:"喂,汉斯,那你怎么步行呢?"

"我只能步行,"汉斯回答说,"我得扛一大块东西回家,这东西虽说是金子,可是扛着它老得歪着脖子,肩膀也压得挺疼的。"

"我们换一换吧,"骑马的说,"我给你这匹马,你把那块东西给我,怎么样?"

"那太好了,"汉斯说,"不过我得告诉你,你扛着这东西可不省劲儿。"那个骑马的接过金子,扶汉斯上马,让他把缰绳牢牢攥在手里,告诉他说:"如果你要马儿快跑,就咂舌头,同时大喊:'霍卜、霍卜!'"

汉斯骑着马自由自在地向前走,心里好不得意。过一会儿,他忽然要马儿快跑,就用舌头咂出声音,大喊:"霍卜、霍卜!"马儿疾驰,汉斯一不留神,从马背上摔下来,掉在田地和大路之间的一条沟里。多亏一个农夫赶一头牛迎面走来,把马拦住,马才没有跑掉。汉斯挣扎着爬起来,心里恼火,对农夫说:"骑马不是好玩的,尤其是骑这种劣马,它蹄子一踢,就把你摔下来,那会摔死人的。我可再也不骑马了。我很羡慕你的母牛,可以慢条斯理地跟在它后面走,还天天能得到它的牛奶、黄油和奶酪。要是有这么一头母牛多好,拿什么跟它换我都乐意!"

"如果你真是那么喜欢它,"农夫说,"我愿意用这头牛换你这匹马。"汉斯欢欢喜喜地答应了。那农夫跃上马背,疾驰而去。

汉斯一边悠然自得地赶着他的母牛,一边回想这桩好买卖。"如果我有一块面包,高兴时可以抹黄油夹奶酪吃;渴了,就挤母牛的奶喝。心儿,你还要求什么?"

他来到一家饭店,停下,非常高兴地把随身携带的中午和晚上吃的面包统统吃光了,还把剩下的几枚硬币拿去买半杯啤酒喝。然后继续赶着母牛向他母亲住的村庄走去。越近正午,日头越毒,汉斯走在一片荒原上,很可能还要一个钟头才能走完。他又热又渴,口干舌燥。"有办法了,"汉斯想,"现在我就挤奶喝吧。"他把牛拴在一棵枯树上,没有桶,就拿他的皮帽子接,可是不管他怎么使劲挤奶,都看不见一滴奶流出来。他又笨手笨脚,弄疼了那畜生,发起性子,提起后蹄朝他脑袋踢去,踢得他倒在地上,很长时间不省人事。恰好这时,路上幸亏来了一个屠夫,用手推车推着一只小猪。"这是怎么回事!"他大声说,扶起善良的汉斯。汉斯把发生的事情讲给他听。屠夫把他的酒瓶递给

他，说："你喝口酒，歇会儿。这母牛挤不出奶了，这是条老牛，顶多能拉犁，要不就把它宰了。"

"哎呀呀，"汉斯用手指梳理一下头发说，"谁想到会是这样！要是有人把这头畜生拉回家宰了，那自然好，会出很多肉的！可是我不怎么爱吃牛肉，牛肉太干巴。对了，要是有这么一头小猪就好了！小猪味道就不一样了，还能做腊肠！"

"汉斯，你听我说，"屠夫说，"为了让你高兴，我愿意拿小猪换你这头牛。"

"上帝赞美你的友情！"汉斯说，把牛交给屠夫，从手推车上解下小猪，屠夫把捆猪的绳子塞到汉斯手里。

汉斯继续走，感到事事顺心，即使有什么不愉快的事儿，很快也就好了。后来他和一个少年结伴同行，那人胳膊下夹着一只美丽的白鹅。他们互相问好，汉斯向他讲了自己如何幸运，和人交换总占便宜。少年对他说，他带这只鹅是去参加一个孩子洗礼的宴会。"你掂掂看，"他抓住鹅的翅膀，接着说，"多重啊，八个星期喂得这么肥，吃一口烤鹅，嘴角都会流出油来。"

"不错，"汉斯一手提起鹅掂量一下，说，"很重，我的猪也很不错。"那少年向周围张望一番，忧郁地摇摇头说："你的猪恐怕不大对头。我走过的那个村子，村长的猪圈里刚丢了一只小猪。我怕你手里的就是那只猪。他们派人出来找，要是你和这只小猪一块儿叫他们逮住，那就糟了，起码把你关进黑牢房。"善良的汉斯害怕了。"啊，上帝啊！"他说，"请你帮助我摆脱困境，这里的情况你更熟悉，带走我这只猪，把你的鹅留给我吧！"

"我得冒点儿险，"少年回答说，"我不愿看着你遭难。"于是他接过绳子，赶着小猪匆匆忙忙从一条小路走了。善良的汉斯无忧无虑了，他腋下夹着鹅朝家乡走去，自言自语："仔细想想，这次交换我很合算：首先有美味烤鹅吃，其次有很多鹅油，够吃三个月鹅油面包,最后,美丽的白鹅毛可以装枕头,枕着它可以睡个安稳觉,母亲会多高兴啊!"

他经过下一个村庄的时候,看见一个磨剪刀的人,他的砂轮呼呼地转着,磨剪刀的唱道:

*砂轮转把剪刀磨,*
*走四方看风使舵。*

汉斯停下来看他干活,后来便和他攀谈起来:"你磨得这么高兴,日子一定过得不错吧。"

"不错,"磨剪刀的说,"这门手艺是个金饭碗。一个地道的磨刀人手伸进口袋没有拿不出钱来的。咦,你在哪儿买的这只漂亮的鹅?"

"我不是买的,是我用一只小猪换来的。"

"小猪哪儿来的?"

"是我用一头母牛换来的。"

"母牛呢?"

"一匹马换的。"

"马呢?"

"我用一块像我的脑袋这么大的金子换的。"

"你哪来的金子?"

"那是我干了七年活的工钱。"

"如果你能做到一站起来就听见钱在口袋里叮当响,你就有福了。"

"我该怎样做才能达到这一步呢？"汉斯问。

"你最好当个磨刀人，像我一样。其实，只要有块磨刀石就行了，别的自然都会有的。磨刀石我还有一块，虽然有一点小毛病，不过，你把鹅给我也就行了，不用再添别的，好吗？"

"还用问吗？"汉斯回答说，"我就要成为世上最幸福的人了：什么时候手伸进口袋里一抓就有钱，还有什么可担忧的呢？"就把鹅递给磨剪刀的，伸手接过磨刀石。磨剪刀的从他身边地上又捡起一块很普通又很重的石头，说："再给你一块很有用的石头，在这上面锤打很方便，旧铁钉都能敲直了。你拿去吧，扛好啰！"

汉斯扛起两块石头，欢天喜地地向前走，由于喜悦，两眼发亮。"我出生时一定福星高照，"他大声道，"我是个有福气的孩子，事事如意。"

汉斯天一亮就上路，现在开始感到疲乏，肚子又饿得难受，因为他换到母牛的时候，一高兴把所有食物一下子都吃光了。后来他走得非常吃力，过一小会儿就得停下休息。两块石头压得他很不好受，他不禁想到，如果现在不必扛这些东西，那倒很好。他向一口露天水井走去，走得很慢，就像一只蜗牛，想在那儿休息一会儿，喝口清凉的井水解渴提神。为了避免在坐下时弄坏石头，他细心地把它们放在井沿上，靠近自己身边，然后坐下来，弯下腰去喝水，不小心稍稍碰了它们一下，两块石头扑通一声，同时掉进井里。汉斯眼看着它们沉下去，高兴得跳起来，跪在地上，饱含热泪感谢上帝赐予他这般恩惠，用这种巧妙的办法使他不必责备自己，又能摆脱唯一使他烦恼的两块石头。他大声喊道："天下没有一个人像我这样幸福！"他摆脱了一切负担，轻松愉快，又蹦又跳地回到他母亲家里。

# 聪明的农家女

　　从前有一个贫穷的农夫,他没有土地,只有一所小房子和一个女儿。女儿说:"我们最好请求国王给我们一块荒地。"国王听了他们贫困的情况,送了一块草地给他们。女儿和父亲去翻地,想种点粮食。那块地快翻完了,从地里掘出一个纯金的臼。"你听我说,"父亲对女儿说,"我们的国王非常仁慈,送给我们这块地,我们得把臼送给他表示感谢。"女儿不同意,她说:"父亲,我们有臼,没有杵,还得去找杵,所以不要声张为好。"但父亲不肯听她的话,带上金臼去见国王,说是他在荒野找到的,为对国王表示敬意,请他收下。国王接过臼,问还找到什么别的没有?农夫回答说:"没有。"国王说,他也得把杵拿来。农夫说他们没发现杵,可是没用,就像是说给风听似的。他被关进监牢,要他拿出杵来,才放他出去。仆役天天给他送水和面包,蹲监牢的人得到的就是这些。他们听见农夫不停地喊叫:"唉,要是听我女儿的话就好了!"仆役去见国王,说犯人不吃也不喝，不停地叫喊"唉，要是听我女儿的话就好了！"国王叫仆役把犯人带来，亲自问他为什么老是叫喊，"你女儿到底说了些什么？"

农夫答道："她说我最好不要送臼来，要送也得等找到杵再送。"

"你如果真有这么一个聪明的女儿，就叫她来见我。"于是她来见国王。国王问她是不是当真那么聪明，说要给她出一个谜，她若能猜中，就和她结婚。她马上说可以，她能猜中。国王说："你到我这里来，不穿衣服，不赤裸身子，不骑马，不乘车，不从路上来，也不从路外来，如果你能做到，我就娶你为妻。"

女儿回去，脱下衣服，拿来一张大渔网，坐在渔网里面把自己包起来，既没有穿衣服也没有赤裸身子；她雇了一头驴，把渔网绑在驴尾巴上，让驴子拖着渔网和她一起走，她没骑马，也没乘车；驴子走在车辙上，她只双脚大拇指着地，不在路上，不在路外。

她这样前去，国王知道她果真聪明，便满足了她所有的要求，把她父亲从监牢释放出来，还娶她为妻，任命她管理王室的一切财富。

过了几年，有一次国王去阅兵，刚巧有农夫卖完木材，他们的车停在王宫前面，有的车是公牛拉的，有的车是马拉的。有一个农夫有四匹马，其中一匹生了一只小马驹，小马驹跑到一辆车前面，在两头公牛之间躺了下来。农夫聚拢来，开始争吵、摔东西，大声喧哗。有公牛的农夫想要小马驹，说马驹是公牛生的；另一个农夫说不对，是他的马生的小马驹，小马驹是他的。吵吵嚷嚷的声音传到国王那里，国王传下口谕：小马驹躺在谁那儿，它就是谁的。于是有牛的农夫得到了小马驹，可马驹确实不是他的。另一个农夫走了，为失去小马驹而哭泣，而诉苦。他听说王后也是穷苦农户出身，十分仁慈，于是去见王后，请求她帮助他要回他的马驹。

王后说："如果你答应我不说是我说的，我就告诉你该怎么办。明天一大早，国王检阅卫队，你在他一定要经过的大路上站住，拿一张大渔网，不停地做出撒网打鱼、抖渔网,好像打了满网鱼的样子。"她还告诉他如果国王问话,他应如何回答。

于是农夫第二天就站在一块干地上撒网打鱼。国王经过时看见了,派传令兵去问那个傻瓜在干什么。农夫回答说:"我在打鱼。"传令兵问:"这里并没有水,怎么能打鱼?"农夫说:"两头公牛会生一匹小马驹,我在干地上也能打鱼。"传令兵回去向国王报告这回答,国王把农夫叫去,说这话不是他自己想出来的,要他马上说出是谁教他的。农夫不说是谁教的,只是翻来覆去地说上帝保佑!这话是他自己想出来的。他们把他放在一捆干草上拷打很长时间,直至他供认是王后教他的。

国王回到家里,对王后说:"你为什么对我这么虚伪?我要把你休了,你的美好时光结束了。你从哪里来,还回哪里去,回到你的农夫小屋去吧。"但他仍允许她带走一件她认为最可爱、最美好的东西,作为别离的礼物。她说:"好吧,亲爱的丈夫,如果你这样命令,我也愿意遵命照办。"说着,便扑过去抱住他亲吻,说要同他告别。她叫人送来效力很强的安眠药酒,和国王饮酒道别。国王喝一大口,她只呷了一点儿。国王很快睡着了,睡得很沉。她叫来一名侍役,用一条洁白美丽的亚麻床单把国王包裹起来,叫侍役把他抬进停在宫门前的一辆车里,她驾车回家,回到她那小小的农舍。

她把国王放在她的床上,他日夜熟睡,醒来时望着周围,说:"上帝啊,这是什么地方?"他呼唤侍从,但这里一个侍从也没有。他的妻子终于来到床前,说:"亲爱的国王,你曾经命令我,要我带走宫中一件我最心爱、最美好的东西,除了你,再没有什么是我更美好、更心爱的,所以我把你带回来了。"

国王眼睛里饱含热泪,说:"亲爱的妻子,你是我的,我是你的。"

国王把她又带回王宫,和她重新举行婚礼。他们很可能如今还在人世。

# 穷人和富人

在古代，亲爱的上帝还在人间漫游的时候，一天晚上，他感到疲乏了，还没能找到住宿的地方，黑夜已经来临。他站在路上，前面有两座房子彼此相对，一座又大又漂亮，另一座又小又寒酸。那座大房子是一个富人的，小房子是一个穷人的。我们的上帝想："我到富人家去不会给他添麻烦，我要在他家里过夜。"富人听见敲门声，打开窗户问陌生人有什么事，上帝回答说："我只请求有个地方睡觉。"富人把行路人从头到脚打量一番，见亲爱的上帝衣着朴素，不像口袋里有很多钱的样子，便摇头说："我不能接待你，我的房间都装满草和种子，如果谁来敲我家的门，我都让他住下，我自己就该成叫花子了。你去别处找住的地方吧。"说完，使劲关上窗户。于是亲爱的上帝转过身来向那座小房子走去。才敲一下门，穷人就把门打开，请旅行者进去。"请在我家过夜吧，"他说，"天已经黑了，今天你不能再赶路了。"亲爱的上帝听了很高兴，走进屋里。穷人的妻子向他伸出手欢迎他说，他们没什么东西，请他随便凑合着用，如果需要什么，他们会很乐意提供。说完话，她把土豆放在炉火上，煮土豆的工夫，她去挤羊奶，用这点羊奶就着土豆吃。食物摆上了餐桌，上帝和他们一同坐下，一同用餐。他觉得这简单的食物味道很好，因为餐桌上有愉快的笑容。吃过晚饭，到了该睡觉的时候，女人悄悄把丈夫叫到一旁说："亲爱的丈夫，你听我说，我们今天铺个草垫子睡一夜吧，让那个可怜的行路人在我们床上睡觉，能休息得好些，他走了一整天路，该很累了。"

"这样很好。"说着，他就去跟上帝说，如果他不介意，就请他在他们的床上躺下，好好歇一歇腿脚。上帝不肯占用两个老人的卧床，但经不起他们恳请，终于同意睡他们的床，他们自己就在地上用干草打地铺。第二天早晨，天还没大亮，他们就起来，拿出他们最好的东西给客人做早点。太阳照进窗户，亲爱的上帝起床后，又同他们一起用餐。吃过早饭要上路了，上帝站在门口，转过身子说："你们心地这么善良，说出你们的三个愿望，我要使你们的愿望实现。"穷人说："我愿能永远快乐幸福，我们俩人在世上活着的时候都健康无病，每天都有面包吃，不至挨饿。除了这三件事，我不知道还该希望得到什么。"亲爱的上帝说："这房子旧了，你不想要一所新的吗？"穷人说："啊，如果还能得到一所新房子，我太高兴了。"于是上帝满足他们的愿望，把他们的旧房子变成一座新房子，再一次祝福他们，然后继续上路。

天大亮了，富人起床，把头探出窗外，看见对门往日破旧小屋所在的地方，立起一座崭新的漂亮的红砖房，窗户明亮。他瞪大眼睛，喊妻子过来，说："你说，这是怎么回事？昨天还是破旧的小屋，今天就变成一座漂亮的新房子了。快过去问问是怎么回事。"富人的妻子过去详细询问穷人，穷人讲给她听："昨天晚上有一个走远路的人来投宿，今天早晨临走时他答应满足我们三个愿望：一是永远快乐幸福，二是从此健康无病，三是衣食不成问题，最后还给了我们一座漂亮的新住宅。"富人的老婆赶紧跑回去跟她丈夫讲这一切的来由。她丈夫说:"我真该死,我真该杀,早知道就好了!那个陌生人先到这里来过,是我把他撵走的。"

"唉,你呀,"老婆说,"快骑马追,还能追上那人,你得让他也满足你的三个愿望。"富人听从这好主意,策马狂奔,追上上帝。他言辞谦卑恳切,说没能立即让他进屋,请他不要见怪,因为他还没找到大门钥匙,他已经走了。回来时请他一定到他家去。"好,"上帝说,"如果我回来,就这么办。"于是富人问,能不能像对待他的邻居那样,也满足他三个愿望?可以,亲爱的上帝说,他能办到,不过这对他没什么好处,他倒是什么都不祈求最好。但富人认为,只要能实现,他就要寻找那能给他带来幸福的东西。亲爱的上帝说:"骑马回家吧,你说的三个愿望都会实现。"

富人如愿以偿,骑马回家,开始琢磨该提些什么愿望好。他一动脑筋,手放掉缰绳,马撒欢跳跃起来,一再打断他的思路,他根本无法集中精神思考。他拍拍马的脖颈说:"安静点儿,利泽。"但马儿还是很不听话,末了他火了,暴躁地大声喊道:"那我就要你的命!"话音一落,砰的一声,他摔下来,马躺在地上动弹不了,死了。就这样,他实现了他的第一个愿望。但他为人吝啬,不肯扔掉马鞍,便取下它来,扛在肩上,现在只能徒步走了。"我还有两个愿望。"他以此自我安慰。他在沙地上慢慢地走，时当正午，烈日烘烤，热得他心中烦躁。马鞍压得他后背疼痛，他还没想好该祈求什么。"即使祈求得到世上所有的帝国和珍宝，"他自言自语，"以后还会想要这样那样的东西，这一点现在我就很清楚。我要一劳永逸地解决问题，使我往后根本不需要再祈求什么才好。"他叹口气又接着说："是啊，如果我是个巴伐利亚农夫，也让说三个愿望，那就好办了：第一希望有很多啤酒，第二要有足够他喝的啤酒，第三还要一大桶啤酒。"有时他觉得想到合适的要求了，过一会儿又觉得那个愿望毕竟太微不足道。他脑子里想他老婆这会儿可真舒服，待在家里，坐在凉爽的房间里吃好吃的东西。这念头使他十分恼火，竟不自觉地说出："我要她在家里坐在这马鞍上下不来，省得我驮着它！"他一说完最后一个字，背上的马鞍顿时不见了，他知道他的第二个愿望也已经实现了。这时他觉得热得难受，奔跑起来，想独自坐在他的房间里想出些伟大的东西作为他最后的愿望。可是到家一打开房门，他的老婆在房间正中坐在马鞍上没法下来，又哭又叫。他说："别着急，我要发愿让全世界的财富都归你所有，你就好好坐着吧。"她骂他是笨蛋，说："我坐在马鞍上下不来，全世界的财富对我来说有屁用！你发愿让我坐上去，就得把我再弄下来！"不管他愿意还是不愿意，他都得说出第三个愿望，让他的妻子能从马鞍上下来。这个愿望很快就实现了。

富人除了气恼、疲乏和羞辱，什么也没有得到，还损失了一匹马。而穷人夫妇过着愉快、平静而虔诚的生活，一直到老。

# 小·土地精

从前有一个富有的国王，他有三个女儿，天天都在王宫花园里散步，国王是一位各种好树的爱好者，他特别喜爱其中一棵苹果树，诅咒摘苹果的人要沉到地下。

到了秋天，树上的苹果像鲜血那样红。三个女儿天天去树下看是不是有一只苹果被风吹落在地上，可是没有。树上那么多苹果，几乎把树压断了，树枝压弯了，低垂到地面。小公主见了十分嘴馋，她对两个姐姐说："父亲非常疼爱我们，他不会诅咒我们的，我想他只诅咒陌生人。"说着，这孩子摘下一只很大的苹果，跳到姐姐跟前说："啊，你们尝一尝，亲爱的姐姐，我这辈子还没吃过这么鲜美可口的东西呢。"两个公主也都咬了一口苹果，她们三个全都深深地沉入地下，再没有一个人知道她们的去向。

中午，国王要叫她们一起吃饭，哪儿都找不到她们，他在宫殿里花园里找了很久，始终不见她们的踪影。他心里非常悲伤，通告全国，谁能把他的女儿送回来，就把其中一个给他做妻子。于是有许多年轻人出城去，想尽办法，四处寻找，人人都想找到这三个女儿，因为她们三人全都容貌美丽，待人友善。

有三个猎人也去寻找，他们走了八天，来到一座大宫殿，里面有许多豪华的房间，一个房间里有一张铺好的餐桌，上面摆着热气腾腾的美味食物，可是整个宫殿里面听不见一点人声，看不见一个人影。他们等了半天，食物还是热气蒸腾，最后他们肚子饿了，就坐下来吃，他们商量，要在宫中住下，然后抽签决定谁留下，其余两人去找公主。他们就这么办，年纪最大的猎人抽到了签。

第二天，两个年轻的猎人去找公主，年长的留下看家。中午，一个很小很小的小矮人来讨一小块面包，猎人把找到的面包切下一小块给他，小矮人故意让面包掉在地上，要猎人把它捡起来给他。猎人愿意照办，弯腰去捡，这时小矮人却揪住他的头发，拿一根棍子狠命揍他。第二天，第二个猎人看家，也是同样遭遇。晚上，两个猎人回来，年长的问："情况怎么样啊？"

"糟透了。"两人互相诉苦，对小猎人却只字不提。他们都不喜欢小猎人，管他叫笨蛋汉斯，因为他不懂人情世故。

第三天小猎人看家,小矮人又来讨一小块面包。给他面包的时候,他又故意让它掉在地上,要小猎人把面包从地上捡起来给他。小猎人对小矮人说:"什么!你不会自己把面包捡起来吗?如果你每天要吃饭,连这点儿力气都不肯出,那你就别吃了。"小矮人火了,说他非捡不可,小猎人敏捷地抓住小矮人,把他狠狠揍了一顿,打得小矮人哇哇乱叫,大声呼喊:"别打了,别打了,你饶了我,我告诉你公主在哪里。"他一听这话,停住手不再打,小矮人说他是小土地精,像他这样的小土地精有一千多个,他可以和他一起去,他会指给他看公主在什么地方。

小矮人领他去看一口很深的枯井。小矮人说,他知道小猎人的两个伙伴不是诚实的人,如果他要解救公主,就得自己一个人干。那两个伙伴也想得到公主，但他们不肯出力，不肯冒险。小矮人要他准备一个大篮子，带上猎刀和一个铃铛，坐在大篮子里面坠下井去：井下有三个房间，每一间房间里都有一个公主在给一条多头龙抓虱子，他必须砍下多头龙的龙头。小土地精讲完这些，就不见了。

晚上，另外两人回来，问他情况怎样，他说："啊，很好。"他告诉他们说，起先他没见到什么人，到了中午，来了一个小矮人，他要讨一小块面包。他给他的时候，小矮人故意让它掉在地上，要他把它捡起来给他，他不干，小矮人恼了，他也火了，把小矮人狠狠揍了一顿，后来小矮人就告诉他公主在哪里。两人听了，气得脸色发青。

第二天早晨，他们去井边抽签，看谁该头一个坐进篮里。又是年纪最大的猎人抽到签，他坐在篮子里，带上铃铛。他说："我一摇铃，你们就马上把我拉上来。"他才下去没多深就摇铃，他们就把他拉上来。第二个猎人接着下去，情况也是一样。

现在轮到小猎人了，他让他们把他放到井底。他从大篮里出来，提着猎刀，走到第一扇门前，站住细听，听见龙在里面大声打鼾。他慢慢打开房门，看见一位公主坐在房中，一条九头龙躺在公主怀里，她在替他捉虱子。他提起猎刀，砍下龙头。公主跳起来搂住他的脖子狂吻，把自己挂在胸前的纯金饰物挂在他的脖颈上。

他又去找第二个公主，她在给一条长着七个头的龙捉虱子，他把她救出来，又去救小公主。小公主在给一条长着四个头的龙捉虱子，他也进去把它杀了。他们大家互相询问了许多，不停地拥抱他，亲吻他。于是他使劲摇铃，让上面的人听见。他把公主一个接一个放在大篮子里，让她们三人都上去了。轮到他上去了，他想起小矮人说过的他的伙伴对他不怀好意的话。他从井底拿一块大石头放在篮里，篮子吊上去，吊到一半，那两个伪善的家伙割断绳索，篮子连同石头一起掉到井底。

他们以为他摔死了，带了三个公主离开，迫使她们答应向她们的父王说是他们两人把她们解救出来的。

他们去见国王,每人要一位公主做妻子。在此期间,小猎人在三个房间里走来走去,十分悲伤,心想自己现在就要死了。这时他看见墙上挂着一支笛子,他自言自语:"你为什么挂在这里?这里还有人寻欢作乐吗?"他又看着龙头说:"你们也帮不了我的忙。"他老是这么走来走去,把地板都磨得光滑了。

后来他一转念,从墙上拿下笛子,吹支曲子。一下子来了很多很多小土地精。他每吹一声,就来一个,吹到房间里面站得满满当当的都是小土地精,一齐问他希望得到什么。他说他要回到地面上重见天日,于是他们大家抓住他,一个揪着他头上一根头发,带着他一齐从井底飞到地面上来。

一到地面,他立即前往王宫,宫中正要为一个公主举行婚礼,他去见国王和他的三个女儿。她们见了他,都晕过去了。国王大怒,误以为他侮辱了她们,立即将他投入监狱。

公主们又醒过来时,恳求国王释放他。国王问原因,她们不敢说,最后国王说她们可以讲给炉子听。国王躲在门后,听到了一切。他下令把那两个人绞死,让小公主嫁给了小猎人。

我穿了一双玻璃鞋去参加他们的婚礼,碰到一块石头,叮当一声响,玻璃鞋被撞得粉碎。

# 瓶里的精灵

　　从前有一个穷樵夫,从早晨干活干到深夜,终于积攒了一点钱,他对儿子说:"你是我的独生子,我这点辛辛苦苦挣来的血汗钱,是要给你上学用的,如果你学到点儿真本领,到我年老手脚不灵,只能待在家里的时候,你就可以养活我。"于是儿子去一所有名的学校上学,他学习用功,老师都称赞他,他在那里学习了一段时间,读完几门课程,但还没有修完全部课程,父亲挣的那点钱已经用完了,他只好回家。"啊,"父亲伤心地说,"我没有什么东西可以给你了,在这百物昂贵的岁月,我挣的钱除了日常买面包吃,剩不下一块银圆。"

　　"亲爱的父亲,"儿子回答说,"不要太烦恼,既然上帝这样安排,最后一定对我有好处,我会适应的。"父亲要去森林砍柴卖点钱,儿子说:"我要和你一起去,帮你干活。"

"孩子，"父亲说，"你会觉得很累的，你干不惯重活，会吃不消的。我也只有一把斧子，没有余钱再买一把。"

"去向邻居借一把吧，"儿子回答说，"等我挣了钱自己买一把再还他。"

于是父亲向邻居借了一把斧子。第二天早晨天一亮，父子俩就一起到森林里去。儿子帮父亲干活，心情愉快，干得十分带劲。太阳升到他们头顶上的时候，父亲说："我们休息一下吃中饭，吃完饭还会像刚才那么有劲儿。"儿子把面包拿在手里，说："你好好歇着吧，父亲，我不累，我在森林里走一会儿，我要找鸟窝。"

"小傻瓜，"父亲说，"你在这儿乱跑干啥？一会儿你就会累得抬不动胳膊的，别去了，坐我这儿来吧！"

但是儿子仍然往森林里走去。他啃着面包，心情非常愉快，不住地往葱绿的树枝里面张望，看看能否发现一个鸟窝。他这么走来走去，最后走到一棵极罕见的大橡树跟前，这橡树少说也有几百岁了，它那粗大的树身五个人联手也休想合抱得过来。他停下脚步，望着这棵老树，心想一定会有一些鸟儿在这棵树上筑巢。忽然，他似乎听见了一个声音。侧耳细听，果然听到一个颇沉闷的声音叫着：

放我出来，放我出来！

他向周围张望，没有看见什么，觉得声音似乎来自地下。他大声问："你在哪

里？"那声音回答："我就在这下面，在橡树树根旁边。放我出来吧，放我出来！"这位学生就在树下清理开了，在树根附近搜寻，终于在一个小洞穴里面发现一个玻璃瓶。他拿起玻璃瓶，迎着日光，看见一个东西，形状像一只青蛙，在瓶子里面蹦跳。"放我出来，放我出来！"它又喊了，学生根本没想到会出事，就把瓶塞拔了。立即从瓶子里升起一个精灵，并且开始飞快长大，转眼之间变成一个令人望而生畏的巨人，有那棵老橡树一半高，站在学生面前。"你知道吗，"他用恐怖的声音叫道，"你把我放出来，会得到什么报酬？"

"不知道，"学生毫无惧色地回答，"我怎么会知道呢？"

"那我就告诉你吧，"精灵大声喊叫，"我要给你的报酬就是：拧断你的脖子。"

"你该早些告诉我才是，"学生回答说，"那我就会叫你仍旧待在瓶里，我的头还会好好地长在我肩膀上，要拧断我的脖子，还得去问更多的人。"

"什么更多的人！"精灵大吼道，"你该得的报酬，就该你来领受。你以为把我关这么久是对我的恩赐吗？不，这是对我的惩罚。我是伟大的墨丘利乌斯（希腊神话中的商业神），谁把我放出来，我就拧断谁的脖子。"

"且慢，"学生回答说，"这么快可不行，我先得知道你是否真是那位尊神，是否真的被关在瓶子里面。如果你能再钻进瓶子里去，我就相信你，那时候你想怎么处置我，就怎么处置好了。"

"区区小事。"说罢，精灵缩成一团，变得像当初那么细小，穿过瓶口瓶颈又钻进玻璃瓶里。他一进去，学生就又塞上瓶塞，把瓶子还扔到橡树根下面它原来待着的老地方，精灵上当了。

学生要回去找他父亲，精灵哀叫道：

　　　　　　　放我出来吧，放我出来！

　　"不行，"学生回答，"不能再放你出来。谁要我的命，我捉住他就不放。"

　　"如果你放了我，"精灵大声说，"我就给你很多很多钱，让你终生受用无穷。"

　　"不行，"学生回答说，"你会像第一次那样骗我。"

　　"你不要错过这幸运的机会，"精灵说，"我不会伤害你，我会重谢你。"

　　学生心里想："我要冒险试一试，也许他说话算数，不会害我。"于是拔出瓶塞，精灵像上次那样出来，伸展、长高，如同一个巨人。"现在该给你报酬了。"他说。他递给学生一小块旧布条，看上去就像一块膏药，然后说："你用这一头揩擦伤口，伤口就会痊愈，用另一头揩擦钢铁，钢铁就会变成白银。"

　　"我得先试验一下。"学生说，走近一棵树，用斧子刮破树皮，再用那块膏药的一头去揩擦它，树皮立刻长合，复原如初。"还真不错，"他对精灵说，"现在我们可以分手了。"精灵感谢他救了它，学生感谢精灵送他礼物，然后学生回去找他的父亲。

　　"你瞎跑到哪里去了？"父亲说，"怎么把干活忘了？我刚说过你什么都干不了！"

　　"父亲不要生气，我会把耽误的活补上。"

　　"补做？"父亲怒气冲冲地说，"怎么个补法？"

　　"你看好了，父亲，这棵树我马上把它砍倒。"他拿出他的布条，用它揩擦斧子，使劲地砍了一斧子，因为铁斧已经变成了银斧，猛力砍下去，斧刃卷了。"唉，父亲，你看，你给我的这把斧子是什么呀，都砍得卷刃了。"父亲吓了一跳，说："哎呀，看你干的好事！那我得买一把新斧子赔人家，还不知道拿什么去买呢！这就是你干的活给我带来的好处。"

　　"不要生气，"儿子说，"我会买把新斧子赔人家的。"

"你？你这傻瓜，"父亲大声喊起来，"你哪有钱买斧子？除了我给你的，你什么也没有，你满脑子净是恶作剧，对砍木头一窍不通。"

过了一会儿，学生说："父亲，我实在干不了了，我们收工回去算了。"

"唉，"父亲回答说，"你以为，我想像你那样光闲待着不干活吗？我还得干活，你先回去好了。"

"父亲，我是第一次到森林里来，自己回去不认得路，你和我一起回去吧！"父亲的气消了，终于被说服，和儿子一起回家。他对儿子说："你去把那把坏斧头卖掉，看能卖多少钱。我还得再挣点钱添上，才够买把新斧子赔给邻居。"儿子拿了斧头进城找一个金匠，金匠检验它，放在天平上称重量，末了说："它值四百块银圆，我这里没有这么多现金。"学生说："你有多少现金就给我多少，剩下的算我暂借给你。"金匠给他三百块银圆，还欠他一百银圆。学生回家说："父亲，我有钱了，你去问一下邻居，一把斧子要多少钱。"

"这个我知道，"樵夫回答说，"一块银圆六分。"

"那就给他两块银圆十二分，给他加倍，一定够了。你看，我有很多钱。"他给父亲一百银圆，说："往后你再也不会短缺什么了，你想怎么过日子就怎么过吧。"

"我的上帝啊，"老人说，"你哪来的这么多钱？"于是他向父亲讲了事情的全部经过，说他如何相信自己有福气，才获得这份丰厚的收获。他带着富余的钱又上高等学校继续深造，因为他有那块膏药似的能治一切伤口的旧布条，他成了全世界最著名的大夫。

# 蓝灯

从前有一个士兵,他为国王忠诚效劳了许多年,但当战争结束,这个士兵因为多处受伤,不能再在军中服役。

国王对他说:"你可以回家了,我不需要你了。你也再拿不到什么钱了,因为只有能为我服务的人才能得到薪饷。"

士兵不知道自己该靠什么维持生活,他满腹忧愁地离开,走了一整天,傍晚走进一座森林。暮色四合时,看见一点灯光,他朝灯光走去,来到一座房屋跟前,里面住着一个巫婆。"请你给我一个睡觉的地方,给我一点吃的喝的吧。"他对巫婆说,"我饿极了、渴极了。"

"啊哈!"她回答说,"谁肯给一个散兵游勇东西啊?不过我要发善心,只要你照我的要求去做,我就收留你。"

"你要我做什么?"士兵问。"明天你给我的园子翻地。"士兵答应了。第二天竭尽全力地干,天黑了还干不完。"我看,"巫婆说,"你今天是没法再干下去了,我愿意留你再住一夜,但是明天你得给我劈一车柴,要劈得很细。"这活士兵又干了一整天。晚上,巫婆建议他再住一夜。"明天你只需要替我办一件小事:我家后面有一口干涸的古井,我的灯掉井里去了,这盏灯发蓝光,不熄灭,你给我拿上来就行了。"

天亮后,老婆子带他到井边,叫他坐在一只大篮子里面下井去。士兵找到了蓝灯,发个信号,让她把他再拉上去。巫婆把他拉上来,快到井沿的时候,她伸手下去,要拿他手里的蓝灯。

"不,"他说,看出她不怀好意,"我得双脚踩着地面,才能给你这盏灯。"巫婆一听,怒不可遏,又让他掉进井里,自己走了。

可怜的士兵摔在潮湿的井底,倒没受伤,蓝灯还一直亮着,但这对他有什么用?他明白自己难逃一死了。他伤心地坐了一会儿,无意中手伸进口袋,发现烟斗还在,烟袋锅里还装了半锅烟丝。他想,这是最后一点享受了,便拿出烟斗,就着蓝灯点上烟,抽起来。井里烟雾弥漫,这时,一个黑小矮人站在他的面前,问道:

主人,你命令我做什么?

"我能命令你干什么呢?"士兵答道,十分惊诧。

"你要我做什么事,"小矮人说,"我都必须办好。"

"好,"士兵说,"那你就先帮助我离开这口井。"小矮人拉着他的手,领他穿过地下通道,他并没忘记带上那盏蓝灯。一路上矮人指给他看巫婆收罗和储藏的财宝,士兵拿了尽可能多的黄金。到了地面上,他对小矮人说:"现在去把老巫婆绑了送上法庭。"

不久,老巫婆骑在一只公猫背上,撕心裂肺地号叫着一阵风似的疾驰过去,又过不久,小矮人回来了,说:"事情都办完了,巫婆已经绞死了。"矮人又问:"主人,你还有什么命令?"

"现在不要你做什么,"士兵回答说,"你可以回家了,不过我一叫你,你得马上就到。"

"不用叫我,"小矮人说,"你只要在蓝色灯火上点着你的烟斗,我马上就出现在你的眼前。"说罢,他就在士兵眼前消失了。

士兵回到他原来那座城市,住进一家最好的旅馆,定做漂亮的衣服,然后吩咐旅馆老板替他布置一间房间,要尽可能华丽。房间布置好了,士兵住进去,唤来小矮人,说:"我忠诚地为国王效劳,他却把我打发走,让我挨饿,现在我要报复他。"

"要我干什么呢?"小矮人问。

"等到夜深人静,公主在床上睡着了,你把她背到我这里来,我要她给我当使女。"

小矮人说:"对我来说,这事容易,对你可是很危险的,一旦查出来,后果不堪设想。"

钟敲十二下的时候,士兵的门突然开了,小矮人背着公主进来。"啊哈,你来了?"士兵大声说,"快去干活!去拿扫帚打扫房间。"房间打扫完了,他把她叫到他坐的圈椅跟前,冲着她伸出双脚说:"给我脱靴子,"随后他把靴子朝公主脸上掷去,公主还得把靴子拾起来,擦干净,擦得锃亮。无论他叫她做什么,她都默默去做,并不抗拒,眼睛半睁半闭。鸡叫头遍的时候,小矮人又把她背回王宫,放在她的床上。

第二天早晨,公主起床后去见她的父亲,跟他说她做了一个怪梦:"一个人背着我闪电般地跑过几条街道,把我带到一个士兵的房间,我得给他当使女,伺候他,扫地、擦皮靴,什么下贱活都得干。这只是一个梦,可是我很累,像真干了那么多活那样累。"

"这梦也许是真的，"国王说，"我给你出个主意：把你的口袋铰一个小窟窿，口袋里装满豌豆，如果有人再把你带走，豌豆洒在路上，就留下线索了。"

国王说这话的时候，小矮人正隐身在旁边，这些话他一句不漏都听见了。夜里，睡着的公主又被背着经过街道的时候，虽然豌豆从口袋里漏洒出来，但是不能提供什么线索，因为足智多谋的小矮人已经事先在所有街道上都洒了豌豆。公主又得干使女的活干到鸡叫。

第二天早晨国王派人四处寻找线索，但是无济于事，因为所有街道上穷人的孩子们都在捡豌豆，他们说："昨夜天上掉下豌豆了。"

国王说："我们必须想个别的办法，你上床睡觉的时候不要脱鞋，再到那里，你把一只鞋藏在屋里。我有办法找到它。"小矮人听到了这个诡计。

晚上，士兵又要他把公主弄来，他劝士兵打消这个念头，他说无法破这个诡计，一旦在他房间里找出那只鞋来，他就要遭殃了。

"照我说的去做！"士兵回答说。

第三天夜晚公主又得像使女一样干活，她被背回去之前，把一只鞋藏在床下。

翌日早晨，国王在全城搜查他女儿的鞋。鞋在士兵房间里找到了。在此之前，士兵听从小矮人的请求，跑出城外，但他很快就被追上，被抓进了监牢。逃跑时他忘了带上他最好的东西：蓝灯和黄金，口袋里只有一枚金币。他被铁链锁着，站在牢房窗边，看见他的一个伙伴走过。他敲窗玻璃，那人走过来，他对他说："我在旅馆里落下一个小包，劳驾请你给我捎来，我给你一块金币。"那伙伴跑去，带来他所要的东西。士兵独自一人待着的时候，便在蓝灯上点着烟斗，叫小矮人来。

"不必惊慌，"小矮人对他的主人说，"他们押你去哪里，你就跟他们去哪里，不管发生什么事情，只要带着蓝灯，就没问题。"

第二天法官对士兵进行审判，他虽然并没有干什么天大的坏事，法官还是判处他死刑。他被押赴刑场的时候，请求国王给予他一个最后的恩典。

"什么恩典？"国王问。

"准许我在路上抽一斗烟。"

"你可以抽三烟斗烟，"国王回答说，"但别以为我会饶你一命。"

士兵于是抽出烟斗，就着蓝灯点燃了烟，几个烟圈升上来后，小矮人已经站在那里，手里拿着一根短棍，说：

主人命令我干什么？

"把那些混账法官和他们的差役统统打倒，对那个待我刻薄的国王也别客气。"

小矮人闪电一般地来回奔跑跳跃，谁一碰着他的棍子，谁就倒下，一动也不敢再动。国王害怕了，连声求饶，为了保住性命，他把王国交给士兵，并把女儿嫁给他做妻子。

# 三个手艺人

从前有三个年轻的手艺人相约一起闯世界,而且永不分离,要在同一个城市里干活。有一段时间他们在各自师傅那里都没活干,无法维持生活。其中一个说:"我们该怎么办呢?不能再在这里待下去了,我们要再去四处闯闯,到下一个城市,如果找不到活干,就在旅店老板那里约好,不管到哪儿,都把我们逗留的地址写给他,大家就能互通消息,然后我们再各奔东西吧。"另外两人也觉得这个办法最好。他们走了,半路上迎面遇见一个服饰华丽的男人,问他们是谁。"我们是手艺人,在找活干。到现在我们都是在一起的,如果再找不到活干,我们就要分手了。"

"你们不必分开,"那人说,"如果你们愿意照我说的去做,你们就不会缺钱花,也不会没活干,你们甚至还会成为大富翁,乘坐马车呢。"一个手艺人说:"如果无损于我们的灵魂和幸福,我们愿意。"

"不会有损害的,"那人回答说,"我不想害你们。"另一个手艺人往他的脚看去,看见一只马脚、一只人脚,他不想应允了。但是魔鬼说:"你们答应了吧,我要叫去的不是你们,是另一个灵魂,他已经一半是我的,就等他恶贯满盈了。"他们觉得有把握,便答应他,魔鬼告诉他们他的要求:对任何问题,第一个人都得回答:"我们三个一起。"第二个说:"为了钱。"第三个说:"不错。"要他们总是这么连续着说,别的话一个字也不许说,倘若违背这个戒律,所有的钱马上化为乌有,但只要他们照说不误,他们的口袋总会是满满的。一开始,他们能拿多少,他就给多少,让他们进城住旅店。他们进了旅店,老板迎过来问:"你们要吃饭吗?"第一个回答说:"我们三个一起。"

老板说:"我也这么想来着。"第二个说:"为了钱。"

"当然。"老板说。

第三个说:"不错。"

"确实不错,"老板说,"三人都要付账,没有钱我不能拿东西出来。"他们付的钱比他要的还多。旅店里的客人见了,都说:"这几个人准是疯了。"

"是啊,他们是疯了,"老板说,"这几个人不怎么聪明。"他们就这样在旅店里待了一些时候,所说的话不外乎"我们三个一起""为了钱""不错",可是他们也看到了、明白了旅店里的情形。

一天,一个大商人带了很多钱来,他说:"老板先生,请您为我保管这些钱,这三个傻乎乎的手艺人想偷我的钱。"老板照办。他把旅行提包提到自己屋里,觉得提包沉甸甸的,装的是金子。然后他给那三个手艺人在楼下一个铺位,却让商人住楼上一间特别的房间。半夜,老板想所有的人全都睡着了,就和他老婆一起去,用一柄劈木头的斧子把那富商杀死。然后他们两个又躺下睡觉。

天亮后,旅店里一片喧闹声,商人死在床上,浑身是血。所有旅客都跑过来,老板却说:"一定是那三个疯疯癫癫的手艺人干的。"大家都说老板说得对,"不会是旁人。"老板派人把他们叫来,问他们:"是你们杀死商人吗?"

"我们三个一起。"第一个手艺人说;"为了钱。"第二个说;第三个说:"不错。"

"你们大家都听见了,"老板说,"他们自己承认了。"于是三人被关进监狱,准备处决。他们一看事情严重了,心里害怕,夜里魔鬼来了,说:"再坚持一天,不要和你们的幸福失之交臂,你们绝不会损伤一根毫毛。"第二天早晨他们被押上法庭,法官说:

"你们是杀人凶手吗?"

"我们三个一起。"

"你们为什么要打死那个商人?"

"为了钱。"

"你们这三个歹徒,"法官说,"就不怕犯罪吗?"

"不错。"

"他们已经招认了,还这么嘴硬,"法官说,"马上押去正法。"他们就被押出去,旅店老板也随着一起去看。差役抓住他们,把他们带上断头台,刽子手手持明晃晃的大刀站在断头台上。

就在这时,忽然一辆四只血红的狐狸拉的马车疾驰而来,一个人手拿一块白布伸出车窗外摇晃。刽子手说:"赦免令来了。"

果然,车里的人大喊:

赦免!赦免!

魔鬼身穿华丽的衣裳从车里走出来说:"你们是无辜的。现在你们可以讲话了,把你们看到的、听到的都说出来吧。"年纪最大的手艺人说:"商人不是我们杀的,杀人凶手就在人群里面。"他指着旅店老板说:"诸位去地窖看看证据,那里还吊着许多尸体,那些人都是被他杀死的。"法官派差役去看,所说的果然不错,他们向法官报告后,法官下令把老板押上断头台斩首。

魔鬼对三个手艺人说:"我要的灵魂我已经得到了,你们自由了,你们一辈子都有钱花。"

# 寿命

上帝创造了世界,要给所有生物规定寿命的时候,驴子走来问道:"主啊,你让我活多久?"

"三十年,"上帝回答说,"你看可以吗?"

"啊,主啊,"驴子回答说,"三十年是一段漫长的岁月。请你想一想我活得多累吧:我得从早到晚驮沉重的东西,我得把一袋一袋谷物运进磨坊,让别人吃上面包,而为了使我打起精神干活,他们给我什么?除了拳打脚踢,什么都没有!请你把这漫长的时间减掉一部分吧!"

上帝看它可怜,减掉它十八年寿命。驴子放心地走了。狗来了。

"你想活多久?"上帝对狗说,"驴子嫌三十年寿命太长,你应该满意吧?"

"上帝啊,"狗回答说,"这是你的意见吗?请你想一想我得跑多少路啊,我的腿支持不了这么久的。到了我要吠叫不能出声、要咬没有牙齿的时候，除了从一个角落跑到另一个角落呼噜几声，还能干什么？"

上帝听它说得有道理，给它减了十二年。接着猴子来了。

"你大概很想活三十年吧？"上帝对它说，"你不必像驴子和狗那样干活，你总是蛮高兴的嘛。"

"唉，主啊，"猴子回答说，"看起来是这么回事，其实不是这么回事。即使天上落下小米粥，我也没有一把勺。我得老是装出一副滑稽相，扮鬼脸，逗人发笑，供人取乐，即使他们递给我一个苹果，我咬一口，那苹果是酸的。嘻嘻哈哈的背后时常隐藏着悲哀！三十年太久，我受不了。"

上帝慈悲，给它减掉十年。

终于，人出现了，他欢乐、健康、英气勃勃，请上帝为他规定寿限。"你可以活三十年，"上帝说，"你觉得够了吗？"

"太短了！"人喊叫起来，"我造好了房子，我自己家里的炉灶生好了火，栽种了树木，树木开花、结果，正要好好享受生活的时候，却要我死掉！啊，主啊，给我长一点寿命吧！"

"我把驴子减去的十八年寿命给你加上。"上帝说。

"这不够。"人回答说。

"狗的那十二年也给你活。"

"还是太少。"

"好吧,"上帝说,"我再把猴子那十年也给你。就这些,你不能得到更多了。"

人走了,可心里还是不满足。

于是人可以活到七十岁。头三十年是人的寿命,过得很快,这三十年里,他健康,快乐,工作愉快,有生之乐趣;接下来是驴子的十八年,这期间,层层负担加在他的头上,他得扛谷子养活别人,拳打脚踢是对他忠诚服务的酬谢;随后是狗的十二年,这时他躺在角落里,嘴里呼噜呼噜,没有牙齿咬食物。这段时间过去之后,就是猴子那十年结尾。这时候的人,头脑糊里糊涂,嘴里嘟嘟囔囔,净做蠢事,成了孩子们嘲笑的对象。

# 兔子和刺猬

　　这个故事听起来很像在骗人，孩子们，但它却是真的。因为每当我的祖父（这故事我是从他那儿听来的）兴致勃勃地讲这故事的时候，他总要说："它一定是真的，不然的话，人家不会这样讲。"这故事是这样讲的：

　　正是荞麦开花的秋季，天上升起明晃晃的太阳，清晨的和风吹过庄稼茬，云雀在空中歌唱，蜜蜂在荞麦中嗡营，人们穿着星期天的漂亮衣裳上教堂，所有生物都很快乐，刺猬也是如此。

　　刺猬站在家门口，胳膊交叉在胸前，一边在晨风中向外张望，一边自得其乐地哼着小曲，哼得不好也不坏，就像刺猬星期天早晨总要哼的那样。哼着哼着，它忽然想到，趁妻子给孩子洗澡、穿衣的工夫，到地里散一会儿步，看看胡萝卜长得怎么样了，也很不错。胡萝卜地紧挨着它的家，它们一家总是吃胡萝卜。因此，它把它们看成自己的一般无异。

说去就去。刺猬随手关上房门，往庄稼地走去。

还没走多远，正要拐弯绕过地头的黑刺李奔向胡萝卜地时，迎面遇到兔子也想走一走，去看它的白菜。刺猬一见兔子，友好地向它道了一声早安。兔子本是高贵的先生，非常骄傲，对刺猬的问候不仅毫无表示，反而摆出一副鄙夷的面孔，对刺猬说："一大清早，你怎么到这儿的地里瞎跑呢？"

"我去散步。"刺猬说。

"散步？"兔子笑了，"我觉得，你也许可以用腿去做些更好的事情。"

这个回答使刺猬十分恼火。因为刺猬的腿天生是歪斜的，所以它什么都可以忍受，唯独不能容忍别人对它的腿说三道四。当下刺猬对兔子说："你以为你的腿就比别人能干得多？"

"我想正是。"兔子回答。

"那还得经过比试才能知道，"刺猬说，"我敢打赌，如果我和你赛跑，我准比你跑得快。"

"真是笑话，你那歪歪斜斜的腿还能跑得过我？"兔子说，"不过，你实在想比一比，我可以奉陪。我们赌什么呢？"

"赌一块金币和一瓶烧酒。"刺猬说。

"行，"兔子说，"就这么说定了，比赛现在就可以开始。"

"不，不，不必这么着急，"刺猬说，"我还没吃什么东西呢。我要先回家吃点儿早饭，半个钟头以后我再来这儿。"

兔子同意，刺猬就走了。

半路上刺猬心里想："兔子全仗它腿长，但我一定要赢它。它看似高贵的老爷，其

实是个笨蛋，它输定了。"

一到家，刺猬就向它的妻子说："快穿好衣服，跟我到地里去。"

"有什么事啊？"妻子问。

"我和兔子赌一块金币和一瓶烧酒，我要和它赛跑，你也得在现场。"

"我的上帝啊，孩子他爸，"刺猬太太放声哭了起来，"你是糊涂了，还是完全失去理智了？你居然要和兔子赛跑？"

"住口，老婆，"刺猬说，"这是我的事，不要干涉男人的事情！走，穿上衣服跟我走！"刺猬太太有什么办法呢？不管它愿意不愿意，她都得跟着走。

走到半路，刺猬对妻子说："注意听我对你说的话。你看，我们要在那儿那长长的庄稼地赛跑。兔子跑一条犁沟，我跑另一条犁沟。我们从地头上开始跑。要你做的事就是：你站在犁沟尽头，兔子从一头跑过来，你就冲它大声喊：我已经在这里了。"

说着，它们走到了地里。刺猬把地方指给妻子，便向田地上方走去。它走到上面，兔子已经等在那里。"可以开始了吗？"兔子问。

"可以。"刺猬说。

"那就开始吧！"

于是它们各自站到自己那一条犁沟。兔子数了"一、二、三！"就顺着庄稼地跑下去，快得像一阵狂风。刺猬只约莫跑了三步，就缩成一团，静静地蹲在犁沟里。

兔子全力奔跑，到了下边田地尽头，刺猬太太朝它喊道："我已经在这里了！"

兔子一怔，大感意外！它以为是刺猬本人在向它喊话，因为刺猬的妻子和刺猬长得一模一样。兔子说："这事情很古怪。"它大声说："再跑一次，往回跑！"

说罢，又一阵狂风似的跑起来，跑得脑袋两边的耳朵都竖了起来。刺猬的妻子仍旧静静地待在原地不动。兔子跑到上面，刺猬向它喊叫："我已经在这里了！"

兔子气急败坏地大叫："再跑一次，往回跑！"

"我无所谓，"刺猬回答说，"你高兴跑几次，我就奉陪几次。"

就这样，兔子跑了七十三次，刺猬还是用那一套老办法。每当兔子跑到上面或下面尽头，刺猬或它的妻子总是说："我已经在这里了！"

第七十四次兔子跑不到终点了。它倒在庄稼地上，喉咙出血，当场死了。刺猬拿来赢得的一枚金币和一瓶烧酒，把妻子从犁沟里叫出来，一起高高兴兴地回家了。

这就是刺猬让兔子跑得累死在布克斯特胡德的田野上的故事。自从那时以来，再没有一只兔子敢冒险和布克斯特胡德的刺猬赛跑。

这个故事的教训是：一个人即使自以为尊贵无比，也不应该取笑小人物，即使那是只刺猬。

# 小海兔

　　从前有一位公主,她的宫中高高的顶尖下有一个大厅,大厅有十二扇窗户朝向四面八方,她若登上大厅,眺望周遭,整个王国便尽收眼底。从第一扇窗户望出去,她已比别人看得清楚,从第二扇窗户看得更真切,从第三扇窗户看得尤其清晰,如此一直到第十二扇窗户,地上的一切和地下的一切她都能看见,没有什么东西能瞒过她的眼睛。她为人骄傲,不愿受人管束,而想独揽统治大权,因此她通告全国:无论何人,如果不能隐藏得使她找不出来,就不能做她的丈夫。如有谁愿来试试,被她发现,就要砍掉那人的脑袋,拿去挂在一杆木柱上。宫殿前面已经竖立起九十七根木柱,挂着九十七颗人头,很长时间没有人来报名一试了。公主很高兴,心想:"我可以自由自在一辈子了。"这时有三个兄弟来到她的面前,向她禀报,他们要试一试运气。老大自以为钻进石灰洞里就安全无虑,但她从第一扇窗户就看见他,派人把他揪出来,砍掉脑袋。老二溜进王宫的地窖,公主从第

一扇窗户也看见他了，他难逃厄运：他的头颅挂在了第九十九根木柱上。这时小弟走到她面前，请求她给他一天时间考虑，并且请求她格外开恩，如果找到他，能饶他两次。如果他第三次失败，便心甘情愿俯首就缚。因为他容貌英俊，而且他的请求十分诚恳，公主便说："好吧，我答应你，但是你不会成功的。"

　　第二天他想了很久该怎么躲藏，总想不出办法。于是拿起猎枪，出去打猎。他看见一只乌鸦，举枪瞄准，正要发射时，乌鸦喊道："别射击，我会报答你！"他放下枪继续走，到了一个湖边，惊动了一条大鱼，那条鱼正从深水处游到水面上来。他举枪瞄准，鱼大叫："别射击，我会报答你！"他让那条鱼潜入水中，自己继续往前走，遇见一只狐狸，一瘸一拐地走着。他开了一枪，没有打中，狐狸大叫："请你过来，给我拔掉我脚上的刺。"他虽然给狐狸拔掉了脚上的刺，但是仍想杀它，剥它的皮。狐狸说："饶了我吧，我会报答你！"年轻人放走它，这时已是晚上了，他便回去了。

　　翌日，他该躲藏起来了，但他冥思苦想，不知该去哪里躲着好。就去森林里找乌鸦，"我饶过你的命，现在你告诉我，我该去哪儿躲起来，公主才发现不了我。"乌鸦低头想了很久，最后它嘎声嘎调地说："我想出个办法了！"它从它的巢里取出一枚鸟蛋，破成两半，把年轻人关在里面，再把蛋壳合起来，自己蹲在上面。公主走近第一扇窗户，没能发现他，从接着的几扇窗户也看不见他，她心里害怕了，但在第十一扇窗户，她看见他了。她派人去射乌鸦，取出蛋打碎了，年轻人只好出来。公主说："饶你一回，下次不藏好点，你就完蛋了。"

　　次日，他走到湖边，把那条鱼叫过来，说："我饶过你的命，现在请你告诉我，我该去哪儿躲起来，公主才发现不了我。"鱼想了很久，最后大声说："我想出个办法了！我把你藏在我的肚子里。"它把年轻人吞下去，迅速游到湖底。公主从她的窗户眺望，在第十一扇窗户也没能看见他，她惊惶极了，但她终于在第十二扇窗户发现了他。她派人把那条鱼逮来宰了,年轻人再也无法藏身了。他此时的心情不难想象。公主说:"饶你两次了,你的脑袋多半得挂在第一百根木柱上了。"

最后一天,他心情沉重地走到旷野,遇见狐狸。"你能找到所有的藏身之所,"年轻人说,"我曾经放了你,让你活命,现在请你给我出个主意,我该去哪儿躲起来,公主才发现不了我?"

"这是一个难题。"狐狸回答说,显出一副沉思的模样。它终于大声喊道:"我想出个办法了!"狐狸领着年轻人去到一个泉水旁,狐狸潜进泉水里去,出来时变成了一个卖牲畜的市集商贩。年轻人也潜进泉水里去,出来时变成一只小海兔。那商人进城去,摆出这温顺

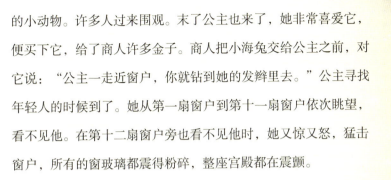

的小动物。许多人过来围观。末了公主也来了,她非常喜爱它,便买下它,给了商人许多金子。商人把小海兔交给公主之前,对它说:"公主一走近窗户,你就钻到她的发辫里去。"公主寻找年轻人的时候到了。她从第一扇窗户到第十一扇窗户依次眺望,看不见他。在第十二扇窗户旁也看不见他时,她又惊又怒,猛击窗户,所有的窗玻璃都震得粉碎,整座宫殿都在震颤。

她往回走,觉得小海兔在她的发辫下面,她一把捉住它,扔到地上,大声说:"滚开,我不想看见你!"小海兔跑去找商人,他俩赶紧跑去泉水边,潜进水里,恢复他们真正的形体。年轻人感谢狐狸说:"和你比起来,乌鸦和鱼逊色了,你智谋神妙,真是名不虚传啊!"

年轻人径直走进王宫。公主已经在等候他,她认命了。于是举行婚礼,现在他是国王,是整个王国的君主。他从未向她讲述他第三次藏在什么地方,是谁帮了他的忙。她以为这一切全凭他自己的本事,她尊敬他,因为她心里想:"他确实比我强!"

版权专有 侵权必究

## 图书在版编目（CIP）数据

格林童话 /（德）格林兄弟著；潘子立译. —北京：北京理工大学出版社，2020.11（2023.3重印）

ISBN 978-7-5682-8897-2

Ⅰ.①格… Ⅱ.①格…②潘… Ⅲ.①童话—作品集—德国—近代 Ⅳ.①I516.88

中国版本图书馆CIP数据核字（2020）第146568号

出版发行 / 北京理工大学出版社有限责任公司
社　　址 / 北京市海淀区中关村南大街5号
邮　　编 / 100081
电　　话 / （010）68914775（总编室）
　　　　　（010）82562903（教材售后服务热线）
　　　　　（010）68948351（其他图书服务热线）
网　　址 / http://www.bitpress.com.cn
经　　销 / 全国各地新华书店
印　　刷 / 三河市宏图印务有限公司
开　　本 / 787毫米×1092毫米　1/16
印　　张 / 13.5　　　　　　　　　　　　　　　责任编辑 / 陈　玉
字　　数 / 217千字　　　　　　　　　　　　　文案编辑 / 陈　玉
版　　次 / 2020年11月第1版　2023年3月第2次印刷　责任校对 / 周瑞红
定　　价 / 99.00元　　　　　　　　　　　　　责任印制 / 施胜娟

图书出现印装质量问题，请拨打售后服务热线，本社负责调换